有爱的青春陪伴者

情尤人知的心事

焚柏 著

江苏凤凰文艺出版社

图书在版编目（CIP）数据

悄无人知的心事 / 焚柏著. — 南京：江苏凤凰文艺出版社，2024.6
ISBN 978-7-5594-8519-9

Ⅰ. ①悄… Ⅱ. ①焚… Ⅲ. ①长篇小说－中国－当代 Ⅳ. ①I247.5

中国国家版本馆CIP数据核字(2024)第053902号

悄无人知的心事

焚柏 著

责任编辑	王昕宁
特约编辑	周丽萍　李　娜
责任校对	言　一
出版发行	江苏凤凰文艺出版社
	南京市中央路165号，邮编：210009
网　　址	http://www.jswenyi.com
印　　刷	长沙鸿发印务实业有限公司
开　　本	880mm×1230mm　1/32
印　　张	9
字　　数	166千字
版　　次	2024年6月第1版
印　　次	2024年6月第1次印刷
书　　号	ISBN 978-7-5594-8519-9
定　　价	39.80元

江苏凤凰文艺版图书凡印刷、装订错误，可向出版社调换，联系电话025-83280257

目录
contents

第一章
吃不到的唐僧肉 / 001

第二章
月明林下美人来 / 038

第三章
私聊即可 / 077

第四章
I'm fine,help me / 114

第五章
草莓味雪糕 / 150

目 录
contents

第六章
爱情，是一场顿悟 / 189

第七章
才下眉头，却上心头 / 217

第八章
最珍贵的藏品 / 251

番外一
与你度过漫长岁月 / 269

番外二
风知道你曾来过 / 277

第一章
吃不到的唐僧肉

时代天街大门口，行人来来往往，一派喧嚣热闹的景象。

林宸咬着奶茶吸管，被顾琳推着往前走，浑身上下写满了"不情不愿"四个字。

顾琳双手合十："拜托拜托，就这一次！帮我相个亲而已，敷衍几句就行。再说了，万一是个大帅哥呢，你这个重度颜控岂不是赚到了？"

林宸"呵呵"一声："我是那种喜欢帅哥喜欢到把自己都卖了的人吗？"

顾琳尴尬地笑笑："你也知道我妈那人，上次相亲我放了人家鸽子，她差点就毁我容了！"

顾琳捧着自己的鹅蛋小脸，委屈巴巴，梨花带雨。

顾琳这张脸，不说是倾国倾城，至少也是如花似玉，当年读大学的时候，人称"S大刘亦菲"。林宸看着顾琳，蓦地有些心疼，这张脸要是有闪失，岂不是损害自己的眼福吗？她一开始和顾琳做闺蜜，不就图能天天看到这张"神颜"吗？

林宸叹了口气，一副英勇就义的表情："行吧，反正我说两句就走。只说两句哦！"

"知道了，知道了！"顾琳讨好一笑，一把将林宸推进旁边的茶舍，毫不留情，"一会儿请你吃火锅哦，爱你！"

说完，她冲林宸做了个飞吻动作，留下一个挥手开溜的背影。

林宸趴在玻璃门上，忽然很想喊一句——放我出去。

她有点绝望地捧着大杯奶茶，转身往里走。

这是一家仿古风的茶舍，装修古朴简洁，白墙上挂着两三幅工笔画，旁边装饰着几根细细的翠竹，四周展示台的玻璃罩子里放着精美别致的茶具，还打着灯光。

这氛围就好像……林宸灵光一闪，博物馆！对，就是博物馆！

啧，约在这种地方相亲，还真是挺能装啊！她一边吐槽，一边往约定的位置走去。

忽然，她脚步顿住。

那里坐着一个男人，他穿着宽松的白色针织衫，手握茶盏，侧头望向窗外。阳光洒进来，勾勒出男人精致的下颌线,高挺的鼻梁上架着金丝眼镜,他轻轻推了推,斯斯文文,俊逸优雅。

林莀一瞬间呆住,她脑海中回想起自己刚才怼顾琳的话:我是那种喜欢帅哥喜欢到把自己都卖了的人吗……

林莀深吸一口气,强压着狂跳的心脏——我是!

男人听见动静,转头看过来,打量了一下林莀:"顾小姐?"

林莀猛地回神,愣愣地点了下头。

美男正面暴击!

林莀脑中跟放PPT似的闪过一串古言小说男主角形象,温润的、腹黑的、清冷的……眼前的这个男人,怎么做到每一个都完美代入的?

男人轻轻皱了皱眉,这位"顾小姐"看上去最多是个大学才毕业的小屁孩,怎么眼神有点不太……不太单纯?

"喝点什么?"

林莀已经无法思考了,举着奶茶:"我有,我有。"说完,她咧嘴一笑,僵硬地坐下。

男人看向她的奶茶标签,眉心一跳。

全糖、芋圆、珍珠、双倍燕麦……她是喝了一杯"粽子"吗?世界上怎么会有比易舟的生活习惯还不健康的人?

果然,答应易舟来帮他相亲,就是个错误!他要是自己来,说不定他俩还真能"物以类聚"!

周则兮回想起前两天易舟抱着他的大腿,鬼哭狼嚎的模样:"周则兮,我们还是不是兄弟了?这次再不去,我二大爷非打死我不可！算我求你行不？下辈子我当牛做马报答你，再不行我下辈子嫁给你……"

周则兮十分无语。

最终，他实在是受不了聒噪的易舟，无奈地妥协。周则兮现在想起那声音，还觉得脑仁"嗡嗡"作痛。

林宸依旧一脸傻笑地盯着对面的男人。

见他看向自己的奶茶，表情微妙，她有点受挫，好像……在这种地方喝奶茶，是有点违和，尤其还是在"神仙哥哥"面前。

林宸伸出手指，悄悄把奶茶往角落戳了戳："那个，我……我喝茶也行的，嘿嘿……"

周则兮没有说话，换了新的白茶，注水、洗茶、注水、出汤……几分钟后，一小盏茶汤被送到林宸面前。

澄澈透亮，香气袅袅。

林宸并非第一次见这样讲究的泡茶方式，但"神仙哥哥"泡茶的姿势，随性洒脱，颇有古风，看着简直是一种享受。

手边的"全家福"奶茶瞬间不香了。

林宸接过茶盏，为了表示喜欢，一饮而尽："好好喝！"她咧嘴一笑，把杯子放回去，示意再来一杯。

够给面子吧！

周则兮眉心一跳，有点无奈，却还是礼貌地给她续了一杯。

林宸越喝越开心，周则兮却越发欲哭无泪，他新收的极品白毫银针，是这样用来糟蹋的吗！

更要命的是，这小屁孩还一直盯着自己看！

看什么看？

"顾小姐，"周则兮压着莫名的烦躁，清了清嗓子，"你没有什么要问的吗？"

他准备了各种回答，保证让对方不满意，顺利结束相亲。

林莀捧着茶盏，蓦地一愣，摇了摇头："你很好啊，我很满意。"

周则兮差点将刚送进嘴里的茶水全喷出来，对面的女孩子却眨着大眼睛，一脸人畜无害的样子。

这是遇上对手了啊！他皱眉："你看上我哪点了？"

林莀心想：脸啊！

可这样直说出来，一定会显得她特别肤浅、特别没文化、特别不上档次。

她笑了笑，一秒开启"彩虹屁"模式："您看，您约在这里，又精通茶道，一定是一个热爱传统文化的人。还有您通身的气派，温润如玉，俊逸若仙，不食人间烟火，让人看一眼就能远离俗世的纷扰，怎么会有人不满意呢？就算有，也是那个人审美畸形！"

虽然林莀说的全是真心话，但不知道是不是太过做作，周则兮竟然忍不住笑了一声——自己这是……被调戏了？

林莀察言观色，越发紧张——肤浅的我，不会暴露了吧?"

周则兮看着她,笑意收敛了半分,沉默了一晌,才开口:"知道我为什么有'远离俗世'的感觉吗?"

林宸一愣,摇摇头。

周则兮:"因为明天——"见林宸聚精会神地看着他,他则一字一句、认真地说,"我、要、出、家。"

说完,他勾起一个胜利者的微笑,起身告辞。

林宸的脑子瞬间被震得一片空白。

直到周则兮走了,林宸还看着桌子上凉透的茶汤发呆。

茶舍外,见周则兮出来,顾琳才鬼鬼祟祟地进去,一屁股坐在林宸对面。

"总算又躲过一劫。"她松了口气,把一杯新的奶茶放到林宸面前,"奖励你的!不过没有'全家福'了,我前面那男的叫了最后一份'全家福',还把所有小料加了双份!所以只有奶茶'三兄弟'了,全糖换厚乳,你将就着喝吧!哎?宸宸,宸宸?"

林宸猛地回神。

顾琳皱眉:"你怎么了?不会真看上那小子了吧?远远看着好像确实是你的'菜',要不你上呗!来都来了,不能白跑一趟!"

林宸看她一眼,拿手机拍下那杯凉透了的白茶,发了个朋友圈,配文:吃不到的唐僧肉。

顾琳看了眼手机,见到这条朋友圈:"什么意思?"

林葰耸耸肩:"原来好看的人,早已经脱离了世俗的欲望。"

她起身往外走,嘴里哼着《西游记》里的插曲《女儿情》:"鸳鸯双栖蝶双飞,满园春色惹人醉。悄悄问圣僧,女儿美不美,女儿美不美……"

顾琳:我姐妹魔怔了?

殊不知,茶舍外不远处,林葰的歌声随着春风,飘入周则兮的耳朵。

"圣僧"出家了,林葰还得继续在俗世打工。

周一早晨,林葰顶着一对"日积月累"的黑眼圈走进侦相文化公司的办公室,屁股还没坐热,就听见师父旺仔扯着嗓门大喊:"快快快!准备开会!林葰,你《藏心》的初稿写好了吗?"

"嗯!马上发你。"林葰一只手发文件,另一只手收拾签字笔、笔记本、保温杯。点下发送后,她就抱着东西往会议室冲。

"侦相"是做"剧本推理游戏"的,虽然体量不大,但因为做出的剧本内容扎实,在业内小有名气。前阵子公司又开发了同名APP(Application,应用),势头大好。

林葰自打大学毕业就入职了"侦相"。

那时候,剧本推理游戏是一个新兴产业,老板在居民楼里租了一间屋子当办公室,还经营着一家线下剧本推理游戏店，看上去不太靠谱的样子。林莀因为喜欢写作，抱着试一试的心态来面试，没想到竟然意外地适合这个行业。如今她在"侦相"已经待了一年多的时间，算是半个元老，看着公司一步步从居民楼搬到CBD（Central Business District，业务中心地区）写字楼，从线下店做到线上APP，前途光明。

刚进会议室，发行部的乔乔就冲林莀招手。

林莀会意，在她旁边的空位坐下，低声道："你们部门也来啦！我看我师父火急火燎的，还以为我的新剧本出问题了呢！"

"什么呀。"乔乔的头凑过来，"你还记得一年前搁置的项目吗？"

林莀点点头。

那是个实景大项目，古风剧本，还跟一家网红博物馆有合作来着，不过不知道为什么，忽然就搁置了。林莀当年还是个实习生，什么也不敢说，什么也不敢问。后来事情渐渐淡了，也就没人再去关心。

乔乔扬眉，一脸"我知道内幕"的表情。

林莀对这一点毫不怀疑，她永远可以相信人称"CBD情报局局长"的乔乔的八卦能力。

林莀："'局长'，您说。"

乔乔把声音压低："当时的合作方，那个博物馆馆主，你有印象吧？"

林莀一个激灵，说起这个她可就不困了！

那位馆主,周则已先生,长得可好看了。在相亲到昨天的"圣僧"之前,他是林莀记忆里最好看的人。不仅如此,他性格也好,笑起来特别温柔。林莀还记得,那会儿她胆子小又"社恐",开会时只敢垂着脑袋坐在角落,还是周先生看见了,笑着招呼她坐上来。

之后,他说想听听年轻人的想法,还问了林莀好几个问题。就是这些回答让旺仔眼前一亮,在老板的办公室里耍赖皮,非抢了林莀来自己部门,强制收她为小徒弟。

林莀回忆着:"说起来,周先生算是我的伯乐呢!不过,后来项目搁置,他就再没来过,我还想当面谢谢他来着。"

"谢不了了!"乔乔道,"知道他为什么不来吗?"

林莀摇头。

乔乔:"他出车祸了!听说,他在医院里躺了一年多,已经确诊为植物人了。"

什么?林莀一下睁大了眼睛。

难怪这么久连个人影都不见。

等等!既然合作方都成植物人了,那这个项目……重启给谁看呀?

忽然,门口传来脚步声,两个姑娘瞬间闭嘴,侧头看去。会议室的门被推开,老板笑吟吟地对身后的人做了个请的姿势。

只见一双大长腿迈入,徐徐站定。

老板笑道:"欢迎我们的新合作人,青年收藏家周则兮,小周先生。"

"大长腿"抬手推了推金丝眼镜,微微颔首:"我接替兄长的工作与大家合作,请多指教。"

老板带头鼓掌欢迎,满屋子的同事也跟着鼓起掌来。

只有林宸,惊掉了下巴。

她如同"石化"般的双手举在胸前,拍也不是,放下也不是。他不是……出家了吗?头上不会是假发吧?

林宸脑中浮现出"白天穿西装戴假发大boss,晚上穿袈裟光头大和尚"的形象,他低沉的念经声开始萦绕在耳边,还伴随着一两下清脆敲木鱼的声音。

老板领着周则兮走向主位,经过林宸身边时,周则兮的目光扫过来,停在她脸上。

林宸正扩充自己的脑洞,一抬头,恰好对上他的目光。胸前的工牌晃了一下,"林宸"两个大字无比清晰。

周则兮眯了眯眼,目光逐渐凌厉,但很快又变得玩味。

林宸一怔,双臂交叠迅速捂住胸牌,眼神防备地盯着周则兮。男人嘴角勾了一下,发出一声细微的哼笑,然后继续往前走。

整个过程快得根本不会有人察觉,可在林宸这里,她简直像是过了一个漫长的世纪。

煎熬啊……她披着顾琳的马甲调戏了合作方大佬,大概率还被认出来了。林宸瞬间蔫了,满脑子在想自己怎样才能"死"得更体面些。

旁边的乔乔看了看捂着胸口的林宸,又看看周则兮,眼神有点微妙:"莀莀啊,你这……什么情况?小周先生是色狼?还是说,你俩……有故事?"

林莀扶额,沉重地点头,不仅有故事,而且还是"恐怖故事"。

她心道:那个色狼是我!

乔乔看着她,八卦的眼神一亮,开会都没有这么认真过。

主座上,周则兮听旺仔汇报项目之前的情况。

一年前,周家的家族藏品博物馆想做一些IP(Intellectual Property,知识财产所有权)开发,希望能更好地在年轻人中间推广传统文化,于是选择与剧本推理游戏结合。但由于项目启动已有一段时日,剧本推理游戏行业发展又极其迅速,一年前拟定的剧本早已经过时,旺仔遂准备了几个最新的剧本给周则兮,看是否能结合一下。

其中就包括林莀的《藏心》。

周则兮食指划拉着平板电脑,忽然一顿,停在末尾的作者处,他喃喃:"林、莀。"

旺仔:"是,我们自己的作者。"他喊,"林莀!"

林莀心下一紧,猛地抬头。

周则兮撑着下巴,头一歪,冲她微微一笑。

林莀:这该死的盛世美颜!

旺仔:"你跟小周先生说说你的构思吧。"

"啊。呃,那个……"林莀缓缓起身,扯出一个僵硬的笑，眼神四处乱飘，"是古风本……收藏世家背景的，收藏'内脏'，玩本的时候还可以……嗯……品茶、焚香，找线索，然后情感向……"

话音未落，她就"唰"地坐下，双颊红得像烧热的炭。

一众同事莫名其妙地看向林宸，平时挺机灵挺利落的姑娘，今天怎么变成"小结巴"了？

只有乔乔，眼中的八卦之火愈演愈烈——这故事比她想象中的精彩多了！

老板一脸黑线，瞪了旺仔一眼，又替林宸打圆场："哈哈，那个，小姑娘没见过世面，见到小周先生这样的帅哥，紧张了，紧张了！哈哈哈！"

同事们了然，也跟着"商业假笑"起来。

林宸早没办法思考了，哪里知道这是老板的"彩虹屁"？她还以为自己的小心思被老板知道了，身子绷得僵直，直冒冷汗，尴尬得脚趾抠地，像是要抠一个地洞，想立马钻进去。

"是吗？"周则兮轻笑，"这本子不错。不过，里面涉及不少茶文化的东西，想必作者应该知识储备丰富，是个专家吧。"

说话间，他含笑看向林宸："专家中的专家。"

林宸的笑容更僵硬了，不愧是合作方大佬，玩得一手好阴阳怪气。

她确实不懂茶道，也不会品茶，可不代表她身边没有专家呀。等正式的剧本出来，她一定狠狠将其砸在周则兮的脸上,让他看看什么叫专业,什么叫细节!

不对!不能砸脸上,这张脸砸坏就太可惜了,砸身上好了。

嘿嘿,我真是个小天才。

林莀想着,不由得露出小人得志般的笑。

会议上已经没人再管她,老板转移了话题,开始聊其他剧本、布置场景和预算的事情。

周则兮一一应承,只是眼神不自觉地时不时扫过林莀。她"哧哧"笑着,他心里莫名发毛,总觉得这小姑娘笑得有点猥琐,还不单纯……

会议结束时已经是午饭时间,同事们瞬间蜂拥到电梯口。

林莀不着急,为了不碰见周则兮,她还特意看老板送他出去了,等了两分钟才走。

谁知道,她还是在电梯口和周则兮撞个正着。

林莀一脸见鬼的表情:"小周先生还没走啊?"

"刚去卫生间了。怎么,不许?"他的目光在她身上流转,"还是说,你做了什么亏心事,怕碰见我?"

林莀脸色一僵。

正好电梯到了,她二话没说,跨了进去,周则兮紧跟其后。

同事们对吃饭万分积极,人早就走光了,此时电梯里只剩他们两人,连空气中都写着尴尬。

电梯里的屏幕上,广告循环播放:"还在为单身烦恼吗？对身边的他还不敢表白吗？悄恋APP，帮你披着马甲谈恋爱！扫描屏幕下方二维码，快来开启你的甜蜜之旅吧……"

甜美的声音在头顶盘旋，林宸的脚趾快抠出一座法国梦幻庄园，她脸上却装得十分淡定，像没听见一样，除了眼神有点飘忽，毫无破绽。

周则兮看了她一眼，憋笑："顾小姐，还是，林小姐？"

林宸很想翻个白眼，你不是都看见工牌了吗？

也不知是哪里来的勇气，她忽然仰头直视周则兮，"嘿嘿"一笑："说起来，小周先生不是出家了吗？怎么，还俗了？"

管他合作方不合作方的，不能一直被他摁着摩擦啊！

周则兮没想到这小屁孩敢直接"造反"，半晌，他才笑笑："是啊。你不是对我很满意吗？"

林宸一愣："哈？"什么意思？

周则兮笑意更深。

电梯门开了，他理了理衣襟，迈开大长腿出去，嘴里若有似无地哼着："说什么王权富贵，怕什么戒律清规，只愿天长地久，与我意中人儿紧相随……"

《女儿情》的歌声渐渐飘远，只留下"石化"的林宸，看着电梯门在眼前关上。

"挑衅！赤裸裸的挑衅！"餐厅里，林宸把叉子狠狠戳进牛排,咬牙切齿。

对面的顾琳看得抖了一下。

二人的办公室离得不远,所以经常约着一起吃午饭。今天一见到顾琳,林宸就"噼里啪啦"地控诉周则兮的"暴行"。

顾琳安抚地笑笑:"不至于,不至于。而且我怎么觉得,这有点像言情小说的开头呢?"

她想起最近看的"替身文学",似乎也能套一套,坏笑着冲林宸挑一下眉。

"你可拉倒吧!"林宸白了她一眼,"上回我是被色相蒙了心,再加上我以为我和他不会再有交集了,才敢放心大胆地调戏。谁知道……算了算了,不说了!周则兮,天使面孔,魔鬼心肠,算我倒霉!"

顾琳一愣:"你刚说他叫什么?"

林宸戳着牛排:"周则兮啊。"

"等等,"顾琳抬手,"我的相亲对象,姓易啊!"

林宸怔住,相亲的时候她只顾着看脸了,完全不记得还有问人姓名这个环节。

所以说……林宸睁大眼:"他也是替身!"

顾琳脸上的期待更深了,眼冒小爱心:"哇!双替身文学!"

林宸扶额。

不过,既然周则兮也是帮人相亲,应该不会把她的话当真吧。

林葰深吸一口气，决定忘掉尴尬，努力码字，立志把剧本的专业性拉满，绝不给周则兮公报私仇的机会。但问题来了，她认识的茶道专业大佬，只有自家小舅舅陈迦与。

可陈迦与吧……林葰不由得打个寒战。

林葰的爸妈贪玩，她从小学起就是陈迦与一手带大的。他虽然只比林葰大十来岁，却总爱端出一副长辈的架子，平常对林葰管东管西管一切，左看右看看不惯。

林葰对热爱传统文化的男生的刻板印象，就来自于他。

十几年来，她遭受的陈迦与式的非人折磨简直数不胜数，什么喝茶辨年份辨品种，倒背陆羽的《茶经》，饭前背十首诗词，偶尔玩一玩跟茶有关的飞花令……罪行累累，罄竹难书！

饶是这样，林葰还是"机智"地凭借反向天赋把陈迦与气到快吐血，放弃了与茶相关的一切教学。

她现在想来，也不能怪小舅舅严厉，管着她这件事确实情有可原。自家爸妈这么轻易地就把闺女的管教权让渡了出去，还美其名曰：小舅舅少年老成，靠谱，比自己带着放心！

陈迦与只能接下重任。

林葰颇为无语，你俩是有多不靠谱，才能说出这种话？

她叹了口气，看着顾琳："算了！如今我只能明知山有虎,去找陈迦与了!"

听到陈迦与的名字,顾琳的眼睛瞬间亮了:"这是不是意味着你可以帮我约篇专访了?"

她是一家杂志社的编辑,最近"大师"版块正缺选题。她约了陈迦与好多次都没有约到,发过去的邮件全都石沉大海。

林莀这小舅舅,清高得很!

"不可能!"林莀哼一声,"你咋还给我挖坑呢?"

她心道:帮你约专访?你看我敢吗?我指定问完就跑啊!

周日,林莀睡到下午才起床,磨磨蹭蹭地化妆、换衣服,背上日常小包,就打车往陈迦与家去。陈迦与住在近云山上,一栋背靠私家茶园的小小四合院,一上山就能闻到阵阵清新的茶香。

他总说外面的茶叶不行,所以从种茶开始的每一个环节,都由他亲自经手,就连采茶,他都跟着工人们一起。闲暇的时候,陈迦与就写写论文,日子过得惬意自在。

林莀抵达时已近傍晚,陈迦与正在做饭。

她把小包朝沙发上一扔,顺着香味跑到厨房。

虾蟹鱼肉,应有尽有。

林莀扒着厨房门,"嘿嘿"一笑:"小舅舅,做这么多好吃的,是不是太想我了?"

陈迦与正在炒龙井虾仁,回头看她一眼,笑了笑:

"德行！快去收拾收拾，准备吃饭了。"

"好嘞。"林宸奔向自己的房间放包，一路欢快。

有一说一，小舅舅做的菜着实一绝！林宸咽了咽口水，刚要返回厨房帮忙端菜，门铃忽然响了。

陈迦与："宸宸，帮我开个门。"

林宸应了声。

谁在这个点来？难道陈迦与给她找了个小舅妈？

林宸期待地打开门，却在那一瞬间，直接怀疑人生了。周则兮站在门外，一身人模狗样的休闲装，看见她时也愣了一下。

二人大眼瞪小眼，都是一脸震惊。

几秒后，林宸深吸一口气，"啪"的一声关上门。

陈迦与听见动静，赶忙跑出来："怎么了？"

林宸抵着门，扯起嘴角假笑："嘿嘿，没事，没有人。您年纪大了，听错了！"

陈迦与一脸黑线，我才三十五……他摆摆手，示意林宸让开。

林宸龟速挪开，眼神怯怯。

陈迦与打开门，周则兮早已调整好状态，一看见他就笑吟吟地说："迦与哥，我还以为你不欢迎我呢！"

陈迦与一愣，转头看向林宸。

怎么还告黑状呢？林宸瞬间慌了，紧张地看着陈迦与，想要解释，又不知道该从何说起。

陈迦与皱眉："怎么这么没礼貌？"他转向周则兮，

"不好意思啊。这是我外甥女,莀莀,小孩子不懂事。"

林莀无语,她现在是不是还要恭恭敬敬地和周则兮打招呼?叫他什么?小周先生、周长老,还是御弟哥哥?

陈迦与:"这是你小周叔叔。"

一声惊雷直劈向林莀的小脑袋瓜。

"小周——"她表情扭曲,"叔叔?"

周则兮淡淡一笑,大手掌一把盖在她的头顶上,揉了两下:"乖。"

说完,他越过林莀,跟在陈迦与身后登堂入室,那背影嚣张又嘚瑟!

林莀摸摸被薅得有点乱的头顶,磨牙霍霍。

周则兮很自然地进厨房给陈迦与打下手,陈迦与笑得很开心,一口一个"则兮",完全把林莀这个外甥女抛到了九霄云外。

林莀气闷,掏出手机给顾琳发微信:我失宠了!

顾琳发来一大串问号。

林莀鼓着腮帮子,将刚才的事情说了一遍。

顾琳正窝在被子里赶稿子,刚喝了一口菊花茶,"噗"一声全喷了出来。她一边擦床,一边发语音,林莀顺手点开:"你那块'唐僧肉'送上门了?真的假的?"

顾琳嗓门太大,厨房里的两个男人闻声齐齐回头,一脸莫名地看着林莀。

林莀的脸都吓白了,赶忙把手机藏在身后,狂按减音量键:"嘿嘿,我在听书,那个……那个《西游记》,

有妖精！"

说完怕他们不信，她又假装投入地哼唱起来，故作淡定地走进卧室："刚擒住了几个妖，又降住了几个魔……"

看见女孩子的卧室门被"砰"的一声关上，周则兮收回目光，笑了笑："莀莀还真是童心未泯。"

陈迦与摇摇头，笑得一脸宠溺："永远长不大！"

卧室里，林莀猫着腰趴在门上，听厨房里似乎没有什么别的动静，才松了口气。

她一头埋进被子里，给顾琳发语音，委屈巴巴："大小姐，你能不能小声点？'唐僧肉'都听见了！"

自从林莀发了那条"吃不到的唐僧肉"的朋友圈，她们就自动把周则兮和"唐僧肉"画上了等号。

"哈？"顾琳眼珠转了转，"莀莀啊，我怎么越来越期待了？还有一种追剧的快感呢！"

林莀一脸黑线，做人能善良点吗？

"我可是帮你相亲才招惹上他的，你还说风凉话！"

顾琳"嘿嘿"一笑："开个玩笑嘛。那你现在打算怎么办？拿下，还是扑倒？"

林莀重重叹息了一声："大小姐，那是合作方爸爸，还和陈迦与那么熟。只要他不折磨我，我就谢天谢地了！"

她回想上一个项目，一个三到五人的小型剧本推理游戏，合作方硬是让她改了几十次，最终还用回了第一版，林莀直接吐血。

这日子，她可不想再过一遍。

不过，按周则兮的性格……怕也难说，况且他现在还有陈迦与撑腰。

顾琳笑笑："你也别太担心了。人家是长老，又不是妖怪，还能吃了你不成？"

林宸皱眉，脑子里，唐僧的脸渐渐变成豹子精。"豹子精"一掀披风，叉着腰，一脚把林宸踩在地上："还想把剧本甩本大王脸上？拿回去改！改一百遍！改不好就生吃了你！"

而林宸，趴在地上，瞪眼吐舌："大王饶命！"

她脑子一蒙，不由得打了个寒战，手心里全是冷汗。

忽然有种被命运扼住咽喉的感觉。

林宸摸摸自己脆弱的脖子，按住语音键还要再说，门口忽然传来敲门声。

敲门声不大，节奏沉稳。

"宸宸，吃饭了。"周则兮的声音隔着木门，温润而低沉。叫她小名时，他的气息很轻，像羽毛似的在女孩子的心尖上挠了一下，酥酥麻麻的。

林宸愣了两秒，手一滑，语音"嗖"地发出去。

哎！她一慌，手机像滚烫的山芋一样在两手间蹦跶。

来不及点撤回，顾琳的回复已经发来，她学着周则兮的语气："宸宸……噫，好'苏'啊！老实交代，你是不是隐瞒了什么少儿不宜的剧情？"

林宸：您做个人吧！

021

饭桌上，林宸戳着米饭，余光时不时觑向周则兮。

男人吃饭很优雅，慢条斯理的，偶尔还夸一下陈迦与的手艺，似乎完全没觉得刚才叫她的小名有什么不对。

林宸撇撇嘴，这人还真把自己当长辈了？

她用手肘戳了戳身边的陈迦与，脑袋靠过去："小舅舅，这位周……小周叔叔，我怎么没见过呀？"

陈迦与给她夹了一颗虾仁，哼一声："小没良心的。你自从上大学后，多久才来看我一次？还能谁都见过？"

林宸吐舌。

小舅舅这副样子，像个留守老人似的。

"则兮的哥哥是我高中时期的同桌，后来读大学就各奔东西了，也是这几年才联系上。"

他转向周则兮："对了，则兮你这么急着上山，是有什么事？"

周则兮："也没什么，就是最近我家博物馆和一家剧本推理游戏公司有个跨界合作的项目，有个参考剧本涉及一些茶文化的相关知识，想让迦与哥帮着把把关。"

他看一眼林宸，嘴角挂起若有似无的笑意："主要是作者不太懂茶的样子，怕 bug（错误）太多。"

林宸：你礼貌吗？

陈迦与深以为然："现在这些小作者，一味图快，大多都不严谨。好在则兮你是个靠谱的，一会儿发给我就好。"

周则兮:"好,谢谢迦与哥。"

"莀莀呢?你这无事不登三宝殿的,缺钱了?"陈迦与看向林莀,随时准备点开银行APP。

林莀一边默默扒饭,一边在心里骂周则兮,忽然听见小舅舅叫她,她像干坏事被发现一样,猛噎了一下:"咳咳……咳……"

陈迦与忙帮她拍背顺气。

周则兮憋着笑,拿起桌边的水壶,倒了杯柠檬水推给她:"慢点吃,叔叔又不和你抢。"

林莀瞪他一眼,缓了缓,才说:"小舅舅,我也来请你把关。"

陈迦与皱眉。

林莀:"那个不严谨的小作者……就是我。"说完,她腮帮子一鼓,继续扒饭。

陈迦与和周则兮面面相觑。

最怕空气突然的安静。

几秒后,陈迦与"噌"地站起来,伴随实木椅子摩擦地板的尖厉声音,他快步走到周则兮身边,一把拉住对方的手:"她说的是真的?你们在共事?"

周则兮被他的反应搞蒙了,愣着点了下头。

"太好了!"陈迦与一拍大腿,抽开椅子坐下,"你是不知道,去年她大学毕业,我让她来茶山帮我,这孩子非要自己在外面找工作!她那单位,工资又不高,还经常加班,最可恨的是,兔崽子太多了!我们家莀莀还小,单纯得很，万一被臭男人骗了可怎么得了？我姐不得剁了我！则兮啊，我是天天提心吊胆，觉都睡不好！现在好了，有你帮我看着她，可算是放心了！"

一提起林莀，陈迦与就像开了闸的水库，"老父亲"的辛酸三天三夜都说不完。

林莀无语，她不小了，都过了法定结婚年龄了！她当初就是为了摆脱小舅舅的管教才出去找工作的，谁知道这会儿又来了个钦差大臣？

周则兮看向女孩子，她噘着嘴，像一条吐泡泡的小金鱼，满脸委屈，却也……挺可爱的。

他没忍住笑了一声。

林莀年纪是小，可单不单纯就不一定了，之前她看他那眼神……她不祸祸别人就不错了！

林莀："小舅舅，我抗议。"

周则兮："迦与哥放心。"

二人的声音几乎同时响起。

陈迦与愣了一下，而后拍着周则兮的肩膀，笑得一脸欣慰。

林莀：我被选择性屏蔽了吗？

晚饭后，林莀赌气似的招呼也不打就直接回了房间，还要求陈迦与快些把修改意见给她。

陈迦与看着外甥女的背影，笑着摇摇头，抱怨了一句"小孩子大了不服管"，便和周则兮喝茶去了。

林莀打开电脑，还没开始码字，手机上就弹出部门工作群，旺仔发的微信：老板和小周先生商量过了，觉得目前手上的剧本结合起来都比较生硬，还是新写一个再比较。你们有什么想法，都梳理一下发给我，最好每个人出一个大纲。周一早上九点开讨论会。

接着就是"春山博物馆"的资料，足足有十来个PDF文件和一堆新闻报道。

林莀习惯性地回了个"收到"，盘腿坐上床，在敬业心理的驱使下，一个个点开。

不看不知道，一看吓一跳。

春山博物馆距今已经有五十多年的历史了。它由周则兮的父母创立，用于家族藏品展示，周家父母去世后，周则兮的哥哥周则已成了馆主。直到去年，周则已意外出了车祸，周则兮才接手过来。

在此之前，周则兮醉心于文物鉴定与保护的研究工作，参与编写的著作中甚至有这个专业的大学教材，是个典型的两耳不闻窗外事，一心只读圣贤书的主。

他接手春山博物馆后，基本是放养的状态，只有圈内人偶尔来参观。

没想到的是，几个月前有一个文化类博主发了一期春山博物馆的探馆视频，博物馆突然就火了。跟风围观的、网红打卡的、扒收藏世家历史的……形形色色，来参观的人越来越多。

周则兮嫌烦，立马限制了每日参观人数。

可大家的热情不减反增，博物馆门口天天排长龙，连倒卖门票的"黄牛"都如雨后春笋般冒了出来。

林宸咂嘴摇头,她原本以为周则兮就是个自称收藏家的"文物贩子",想不到他真的这么优秀。不仅长得好看,连成就都是一般人无法企及的。

这么完美的人设,直逼小说男主啊!

可惜了……偏偏长了一张不会说话的嘴,林宸一声叹息。

她继续点开藏品介绍,春山博物馆的藏品很丰富,瓷器、玉器、青铜、书画、杂项……虽然不像市级博物馆有那么多国宝级的藏品,但这里的展品都各有特色。

藏品简介里,不止写了文物的年代、器型、介绍,还写了与藏品有关的故事,甚至是收藏经历。

博物馆最中心的展示位摆放的不是估价最高的藏品,而是故事最精彩的。

林宸一页页看下去,第一次觉得看资料也不是那么乏味的事情,一件件藏品似乎都有了人性,透过屏幕讲述着各自的故事。

一个想法忽然窜过林宸的脑子——要是这些藏品都能活过来,拥有人的灵魂……她脑洞一开就止不住了,一把将笔记本电脑拽过来,"噼里啪啦"地打下一个"文物拟人"的大纲。

她已经很久没有过这样的感觉了。

林宸最初入职公司,是因为自己喜欢玩剧本推理游戏,也算当时为数不多的资深玩家之一,在圈子里小有名气。可人一旦把爱好当职业，你就会发现，热爱是会被琐碎消磨的。她现在对剧本推理游戏虽不厌恶，但在日复一日的工作中，已经再难回到当初的状态。

可现在，她被点燃了。

这和她以前碰到的题材都不一样，她想为这些文物讲一段故事，想探寻它们背后的爱恨情仇。而她的剧本，或许真的可以成为一架时光机，带玩家们领略过往世界的风华万象。

林宸热血沸腾，紧盯着屏幕，伴随着敲击键盘的机械声，不觉时间流逝。

她再抬起头来的时候，天已经黑透了。

林宸点下保存，揉了揉眼睛，走到阳台上活动筋骨。

外面不知什么时候下起了大雨，雨水顺着瓦片流成水幕，打落一地梨花，带进一阵清冽的空气。

她撑着腰，转脖子，目光划过旁边的房间时，身体一顿。

怎么亮着灯？那不是一个常年空置的客房吗？

她正想着，周则兮一手端着一杯玫瑰花茶，另一只手插在裤兜里，慢悠悠地走上旁边的阳台。

他穿着小舅舅的家居服，玫瑰花茶的暖烟拂过脸颊，头发松软地搭在他的眉骨上，高挺的鼻梁上依旧架着一副金丝眼镜，却全然不似白天那样板正，有些懒散的邪气。

林宸喉头不由得咽了咽。

两个露台之间只有一道栏杆隔断，周则兮一转头，就看到林宸撑着腰，转着脖子的奇怪姿势。

尤其她的眼睛，微眯着，死死地盯着他，脑子里不知道在想什么。

周则兮握茶杯的手一紧，下意识把外套拉链拉高了些。

林宸的目光顺着拉链而上，止于男人若隐若现的锁骨。

她失望地皱了皱眉，继续做转脖运动："你怎么在这儿？"女孩子的声音带着熬夜后的疲惫感，软绵绵的。

周则兮没敢看她，直视外面的雨帘："赏雨。"

林宸："我是说，你怎么还在这儿？"她加重"还"字的发音。

"雨下太大，封路了，迦与哥留我住一晚。"周则兮喝一口茶，转头看向她，"你呢，怎么还不睡？小孩子熬夜，小心长不高。"

林宸深吸了一口气，她真想扇自己一个大嘴巴子，安安静静地欣赏美男不香吗？为什么要想不开去跟他搭话？

她做作地天真一笑："小周叔叔你也是哦，年纪大了熬夜，小心身体呢！嘻嘻！"

周则兮正喝玫瑰花茶，闻言猛噎了一下。

"我才二十七岁，身体好得很。"

"噢——"林宸拉长尾音，说得阴阳怪气，一双大眼睛在他身上滴溜溜地打转。

周则兮心一下揪紧,皱了皱眉。

明明她也没说什么,怎么感觉又被调戏了?

这小姑娘,果然是《西游记》看多了吧……妖气太盛!

阳台外,雨越下越大,毫无规律地敲打屋顶,"噼啪噼啪",让人心跳变乱。

周则兮拇指摩挲着茶杯把手,余光觑了林宸一眼:"说来……"

林宸吃饱了美颜大餐,刚要打道回府,闻声顿步,她侧头看着他,这一眼,目光又挪不开了。

周则兮微不可察地笑了一下,有点报复性的得意:"看你这么闲,明天开会的新大纲已经写好了?"

他一说,林宸才想起来,刚才写大纲的时候,有些藏品的资料不齐全,她都做了标记,打算明天会上提出来。

恰巧周则兮在这里,他不就是个现成的资料库吗?还等什么明天?

林宸转转眼珠,"噔噔噔"地跑到栏杆前,讨好一笑:"写是写好了,只是有几个藏品还需要详细一点的介绍。小周叔叔,你帮我掌掌眼呗?"

女孩子的态度瞬间乖巧,变脸比翻书还快。

周则兮闷笑一声,看了一眼手表,指针刚过十二点。

他叹气:"我也想帮你,可是我们老年人熬夜,对身体不好。"

"哪个缺心眼说的?"林宸一脸正气,"您年轻着呢,比我也没大几岁,而且身体好得很!是吧,小周叔……"她猛地住嘴,看了眼黑脸的周则兮,忙换了软糯的嗓音,"则兮哥哥。"

周则兮喉头一紧。

女孩子眉眼弯弯,笑得人畜无害,偏偏她说出的话,总是让人想入非非,心猿意马。

也不知是无心,还是有意……周则兮忽觉口干舌燥,端起茶杯要喝茶。

他这才发现杯子里早没水了,只剩一朵泡褪色的玫瑰花。

林莀察言观色,忙跑回房间,狗腿地递上自己的水杯——一个印满斜眼笑表情的瓷杯,里面盛满了水。

周则兮没动。

看他不接,林莀又往前递了一些,笑容更灿烂:"不烫不凉,刚刚好。"

周则兮面色一滞,脖子下意识向后缩了缩,目光不由自主地停在她曾喝过的杯沿上。

满杯子的斜眼笑脸都看着他,阴阳怪气,笑而不语。

男人舔了舔发干的唇:"我不渴。"

他目光移开,清了清嗓:"哪些藏品不清楚?拿来我看看。"

林莀一愣,瞬间兴奋,忙跑回房间把电脑抱出来,一页一页地划给他看。

女孩子的笔记细致又凌乱,周则兮看着像鬼画符,但林莀自己却觉得有条有理。

她拿着触控笔在屏幕上点："这个宣德炉，没有写怎么收到的；这个葵口杯，除了大致年代，什么都没有；还有这幅书法，写的是什么呀？狂草吗？还有……"

林莀划动屏幕，足足标记了三十来个藏品。

周则兮一时眼花，捏了捏鼻梁："一个剧本，需要用到这么多？"

这还不算她已经写进去了的。

"当然了！"林莀点头，说起自己的专业，她像是打了鸡血一样，"这可是我精心挑选出来的，故事延展性 top（最高的）的藏品！虽然最后不一定都能直接体现在剧本里，但它们的故事说不定可以互补，而且这对于剧本的世界观构建是很有用的……"

女孩子喋喋不休，输出很多，却条理分明，显然有着极强的逻辑能力。

周则兮可以想象，如果没有他们尴尬的相亲事件，那天的合作会上，林莀应该会对自己的剧本有很精彩的讲解。

他一向对这类需要和人打交道的事情不耐烦，要不是哥哥出意外，他不可能来接手这个项目。可现在，他竟然有些期待项目的后续进展了。

雨依然在下，天色很暗，阳台上只有暖黄而微弱的灯光。湿气被风带进来，黏腻腻的，沾上衣衫，让人有些发闷。可女孩子笑得很开心，是和暴雨天截然不同的明媚。

雨夜没有月光,她是今夜的太阳。

周则兮心中一颤,不由自主地,也跟着她笑了起来。

很久以后,他才惊觉,那天打乱他心跳的远不止窗外的雨声……

两人一直聊到凌晨一点多,有些藏品的信息周则兮记得也不是很清楚,修复记录更是不全,他只能下山以后查证了再给她。

林宸点头,看时间不早了,便告辞回房。

夜雨缠绵,一夜好梦。

晕晕乎乎中,林宸脑子里开始出现周则兮各个角度的盛世美颜,她蹭着枕头,不时发出一两声模糊的傻笑。

而隔壁房间中,周则兮辗转反侧,夜不能寐。

他的生活向来是平静如水,没有丝毫波澜的。林宸就像是一个不受控的意外,三番五次地闯了进来,她有时狡黠,有时讨好,有时又真挚诚恳……像《西游记》里变幻多端的小妖精,他永远不知道下一次,她会以怎样的一副面孔出现。

这是周则兮平生第一次感到一种莫名的兴奋,多半……不是什么好事。

他习惯了一切尽在掌握的日子,所以他爱古物、爱鉴定,历史的痕迹永存,只需去伪存真即可。而且文物不会盯着他发笑,更不会对着他甜甜地叫"哥哥"——没来由地让人心慌!

周则兮皱了皱眉,一个翻身把自己埋进被子,紧闭双眼，努力睡觉。

春雨下了一整夜，直到天亮都还滴滴答答，院子里的梧桐被冲刷得干净，盈盈一片翠绿。

万物生发，人间好时节。

陈迦与一向起得早，送他们出门时，已经打完了一整套的太极拳。

纯白的太极服还被他穿在身上，林宸一时不知道该叫舅舅，还是爷爷。

趁着周则兮穿鞋的工夫，陈"爷爷"把林宸拽到一边，低声嘱咐："下山后要听小周叔叔的话，别欺负人家！你小周叔叔是最老实不过的了，要被我知道你不听话，看我怎么收拾你！"

林宸委屈巴巴："知道了。"

"则兮啊，"陈迦与又换了张笑脸，把林宸拽到周则兮面前，"宸宸就麻烦你了，这孩子又笨又单纯的，少不了你多费心。"

林宸：单纯就单纯，怎么还笨呢？

周则兮笑了笑："迦与哥放心。宸宸是自家孩子，应该的。"

说完，男人的大手掌一把罩在林宸的头顶，揉了两下，发量充足，发丝蓬松，跟狗毛似的，还挺舒服。

他没忍住，多揉了两下。

林宸皱眉，一把薅下他的手，转身就走，像只发怒的小奶猫，同时还不忘乖巧地挥手："小舅舅再见！"

周则兮看着她落荒而逃的背影,垂眸笑了笑,和陈迦与告辞后,举步跟上去。

下山路上,林宸时不时拿出小镜子看自己的发际线,生怕被摸秃了。

车窗外划过片片竹林,山色空蒙。

周则兮把着方向盘,看林宸一眼,嗤笑:"你才几岁,哪这么容易秃?"

"小周叔叔,你不懂!"林宸收起小镜子,一本正经,"年轻的时候不注意,到了你这年纪,指不定就秃了呢!"

她看一眼周则兮的头发,虽然现在还挺浓密,但岁数再大点就说不准了。特别是他们搞学术的人,没日没夜的,代谢紊乱。

周则兮沉默半晌,不打算继续聊关于头发和年纪的因果关系。

他又开了一阵车,清了清嗓,问:"一会儿先送你回家,还是直接上班?"

"去公司就好。"

林宸看着窗外,时间和周遭的景物一样过得飞快,不知不觉已经快开到写字楼:"就在前面那个地铁口停吧,我走过去就行。"

周则兮一愣:"你们公司门口不是可以停车下人吗?还有好几百米呢!"

"可以是可以。"林宸看他一眼,有点为难,"你看,这大早上的，我们同路，像我们住一起一样……"

周则兮憋笑，这小流氓还有纠结这事的时候呢！

"不是吗？昨天我们确实住一起啊。"

林宸正抓耳挠腮地掩饰尴尬，忽然听到他的话，猛呛了一口空气："咳咳，咳……"她皱眉，"那个，我不是怕同事们误会吗？你和我们公司又有合作关系，影响不好。"

车窗外人来人往，车流不息，喇叭声此起彼伏，打工人的大军浩浩荡荡。

周则兮没有说话，只是升起车窗隔绝噪音，又轻点刹车，停在了林宸说的路口。

林宸笑笑："谢谢啊，小周叔叔。"

她说完就去开车门，扳了两下，未果。

林宸一脸蒙，疑惑地看向周则兮。

男人也正转头看着她，她没带化妆品上山，素面朝天的，一双大眼睛茫然地眨了两下，倒比前几次见她更添灵气了。

果然，在近云山上吸天地之灵气，集日月之精华……周则兮舔了舔发干的唇："怕误会什么呢？"

林宸："哈？"

周则兮："同居？"

林宸眉头皱得更紧，表情也更为难。

周则兮心里发笑，这小流氓平时看自己的眼神那么嚣张，真遇到事，原来是一只纸老虎啊。

男人闷笑，正要开车门，林宸却忽然开口："同居倒不至于。"

周则兮手指一顿。

林宸"嘿嘿"笑，一脸人畜无害："才一晚上，顶多算一夜情。"

周则兮瞬间觉得心累，是在下输了……我对流氓的认知局限了。

他打开车门锁："快去上班吧。"

林宸偏头看他，眨眨眼："小周叔叔，你怎么了？"

周则兮扶额："没事。"

"你不用夸我懂事，你是我长辈嘛，我是不想让大家觉得我是靠亲戚、走后门，我们这种新兴产业最忌讳这个了，而且对你也不好，还有……"

"知道了，知道了。"周则兮打断她，疲惫地摆摆手，"你快走吧。"

"哦，好，"林宸咧嘴一笑，"小周叔叔再见！"

女孩子一溜烟地滑下车，她刚走两步，周则兮伸出脑袋："等等！"

完美的侧脸轮廓分明，引得路人注目。

林宸"噔噔噔"倒回去。

周则兮："加个微信。"他把手机递出去，二维码赫然在上。

林宸面色一紧："不用了吧？"加了微信岂不是更方便他替陈迦与监视自己？

周则兮无语:"藏品资料不要了?"

林宸一怔:"哦!对对对!"她忙扫了,明媚一笑,而后一边晃着手机,一边后退,"等你哦,拜拜!"

周则兮摇摇头,嘴角轻笑:"德行!"

第二章
月明林下美人来

周则兮油门一踩，一骑绝尘，只是那个笑却像是嵌在了林莀脑子里，光风霁月，见之忘俗。

林莀望着渐行渐远的汽车，呆了一阵，一转身，猛撞上一人。

她踉跄两步，站稳后一惊："乔乔？"

乔乔倒是不动如山，盯着汽车离开的方向若有所思。

她才从地铁口出来，戴着格纹鸭舌帽，神似福尔摩斯。

林莀心下一紧，咽了咽喉头："'局、局长'……你看什么呢？"

乔乔的目光缓缓转向林莀，眼神逐渐八卦："刚才送你来那男的，你们什么关系啊？"乔乔死盯着她，一脸"坦白从宽，抗拒从严"的表情，"看着很眼熟，嗯……挺像小周先生的哦？"

"呵呵，那个，你看错了吧？"林宸干笑两声，"就一网约车！"

"网约车？"乔乔摸着下巴，"需要加微信吗？"

她都看到了，林宸明明就在扫码，只是从她的角度看不太清那男人的脸，可惜了！

"什么呀！"林宸眼珠一转，"是付款！系统出故障了，只能微信付。"

乔乔半信半疑："真的？"

林宸狠狠点头，无比真诚："你想，小周先生那种级别的收藏大佬，应该像小说里面写的一样，至少开什么奔驰、宝马、保时捷吧。那车，怎么可能是他的？"

乔乔想了两秒："倒也是。不过……"

"没什么不过！"林宸打断她，一把挽上她的手臂，朝前走，"《烧烤店里的罪恶》那本子的发行你做得怎么样了？听我师父说最近要上剧本推理游戏峰会的特展，展位好像出问题了？"

"不会吧？我昨天才和主办方确认过的呀。"乔乔一边说，一边摸出手机翻聊天记录，瞬间忘了刚才的话题，"我看看啊。"

林宸见她认真，这才松了口气。

她在公司好歹是脑力担当，可不能让同事们知道她被长辈监督着上班的事，机智的推理女王人设绝不能崩！

不远处，某收藏大佬兼"网约车师傅"，忽然打了个喷嚏。

周则兮揉揉鼻头。

倒春寒，是挺厉害的。

周则兮穿过高楼林立的CBD和杉树茂密的林荫道，又开了好一阵才到家——一座祖传的三进院子。

老宅远离市中心，距今已有三百多年的历史。

听说，这是周则兮的曾祖父从一个破产的富商手里收的，曾祖父买下后，寻专人修缮，一家人便住了下来。新中国成立后，老宅被列为重点文物保护单位，其所有权虽然还在周家人手里，却不可以随意改动、修缮，一切都得向文保局递交申请，和修复专家商量着来。

屋子年代久远，住着是有些麻烦的，可周则兮偏偏不愿意搬。

一来，他自己就是做文物保护研究的，与其搬出去，把老宅交给不熟悉的人托管，还不如自己实时把关更靠谱。

二来，父母都已经不在了，哥哥又躺在医院，生死未卜。自己与世界的连接仿佛一下子全断了。只有这座老宅让他觉得，自己还是个有家的人。

至少，曾经有过……

周则兮望着老宅的墙，一时心里发酸。鬼使神差地，他脑中竟然浮现起林宸的样子，女孩子笑嘻嘻地求陈迦与帮忙，又噘着嘴闹脾气，明媚恣意，洒脱又随性。

那是被家人的爱滋养出的女孩。

令人羡慕，也诱人追逐……

周则兮一时恍神，拿起手机，点开了林蓘的朋友圈。

她的朋友圈恰如其人，多是多姿多彩的生活日常，各色奶茶不少，连路边的花花草草也能随手一拍发出去。

不像自己，一片空白。

周则兮继续往下刷，不由自主地，嘴角渐渐挂了笑。

殊不知，易舟正趴在他的车窗上，盯着他的手机屏幕，嘴里念念有词："吃不到的唐僧……"

周则兮一怔，一转头就看见易舟贴在玻璃上的扭曲的大脸。

一窗之隔，十分八卦。

他立马按灭手机屏幕，顺势下车。不知道为什么，他竟然还有点心虚，感觉回到自习课看闲书被教导主任逮住的时候。

见了鬼了！

周则兮有点烦躁，脚步也加快了。

易舟追上他，笑得贼兮兮的："你什么情况？枯木逢春了？铁树开花了？"

周则兮冷脸。

易舟毫不受挫："大清早的不在家，昨天在外面过的夜吧？那'朋友圈'的家？"

周则兮被吵得头疼，随口"嗯"了声。

林宸是被舅舅带大的，舅舅家不就是她家吗，没毛病。

易舟闻声，脚步猛一顿。

半秒后，他乍跳而起，活像只烧开的开水壶："什么时候认识的？我怎么不知道？你不是'注孤生'人设吗？怎么还能赶在我前面呢？"

周则兮强忍着脑仁疼，淡淡地看他一眼："拜你所赐。"

易舟："哈？"

周则兮："上回帮你相亲认识的。"

林宸的脸顺势钻进他的脑子，眉眼弯弯，笑容甜甜，言语……猥琐！

周则兮抿了抿发干的唇，走进客厅，补充："就一小屁孩，不是你想的那样，别出去乱说。"

易舟一愣，跟上："哪样？"

易舟打量着眼前的男人——目光闪躲，表情紧绷，很不对劲的样子。信息量有点大……他消化了好一阵，才拍拍周则兮的肩："明白了。"

周则兮眉峰微蹙，他明白什么了？

还没来得及问，易舟的手机响了，是他二大爷。

易舟长叹一声，走远些才接通。

二大爷一口东北腔："大孙子，上回相亲咋样啊？不行的话，大爷再给你介绍我们那旮沓的！"

易舟按小音量，回头看了一眼周则兮，那男人不知道在做什么梦，嘴角又挂起了淡淡的傻笑。

易舟眼珠子一转，"嘿嘿"笑道："二大爷，满意，老满意了！"

二大爷瞬间兴奋起来，老泪纵横："好好好，那我给人家回个话，多唠几次嗑不就成了吗？"

易舟："好嘞！谢谢二大爷！"

挂了电话，他回到客厅，周则兮已经瘫在沙发上，电视里放着《甄嬛传》。

易舟摇头："喊，天天刷这个，没情趣！活该你单身二十七年！"

"也就比你少刷个几十遍吧。"周则兮白了易舟一眼，"你到底是来干什么的？没事可以走了。"

易舟撇嘴，把背包里的锦盒递给他："维修完毕，送货上门。"

周则兮接过，打开来看。

这是他两个月前送去给易舟修复的建盏，没想到易舟这么快就修好了。

修旧如旧，颇得古意。

"谢了。"周则兮收好。

"这事儿犯不着！"易舟摆手。

周则兮一愣，回头看他一眼，这家伙什么时候这么要脸了？

易舟看一眼电视，正好播到"熹妃回宫"的剧情，他拍了拍周则兮的肩膀，挑眉一笑："熹（兮）贵妃，你的福气在后头。"

说完，易舟便蹦蹦跳跳地挥手告辞，留下一脸无语的周则兮。

与此同时，刚开完会，正和林宸吃午餐的顾琳，也接到了一个电话。

林宸随口问了句："谁啊？"

顾琳没有接着吃饭，只托着腮，笑眯眯地看着林宸："好一个沉鱼落雁、闭月羞花的美人儿。"

林宸嘴里包着饭，一脸问号："你、你干吗？"

顾琳勾唇一笑："介绍人说，周则兮对你很满意。"

"咳咳，咳！"一口白米饭差点被喷出来，林宸喘着气，"你说啥？"

顾琳："不用怀疑，介绍人才问过男方。"

"你逗我玩吧！"林宸白她一眼，喝口柠檬水缓了缓。

桌上的手机忽然响了一声，是朋友圈的点赞，"吃不到的唐僧肉"那条。

来自——周则兮！

什么？

"咳！"柠檬水从她嘴角流了出来。

顾琳小心翼翼地打量林宸，顺便拿纸巾帮她擦嘴角："咋了，高兴坏了？"

"不是，"林宸一脸惊恐，举着手机转向顾琳，"周则兮，他不会……真想撩我吧？"

短短几分钟，林宸已经脑补出周则兮假意追她，再狠狠甩她，以报数次调戏之仇的大戏。

豹子精的形象，越来越根深蒂固。

接下来几天，林宸晕乎乎地上班、开会，脑子里全是周则兮点赞时可能出现的各种表情，嘲笑的、蔑视的、戏谑的……应有尽有。更可怕的是，林宸连周则兮的微信都不敢直视，只有在他给她发藏品资料时，才礼貌性地回一句"谢谢小周叔叔"，一句别的话都不敢多说。

可她真的好想知道，周则兮点那一个赞，到底想干吗！

顾琳听她吐槽，只是憋着笑说，等到周末她就知道了。

林宸有点不解，这跟周末有什么关系？

直到周末那天她被顾琳拽着，在上次相亲的茶舍外遇到周则兮时，林宸彻底"石化"了。

他穿着一件宽松的白色针织衫，金丝眼镜架在鼻梁上，走路时带着一股生人勿近的清冷。在人群之中，他还是那样耀眼。

林宸呆呆地望着周则兮，时光仿佛一下子回到了初见之时。

同样的地点、同样的人，还有隐隐飘过的同样的茶香……他微微侧头，阳光勾勒着他侧脸的轮廓，俊逸脱俗，像自天外而来的神仙哥哥。

不同的是，周则兮身边还跟着另一个男人，他一手拽着周则兮，一手拿着一杯林宸最爱的"全家福"奶茶。

好吧……周则兮瞬间就接了地气。

顾琳看见他们，眼神一亮，拉着林宸就迎上去："这就是传说中的小周先生吧？果然是气宇轩昂，人中龙凤，我们家宸宸常跟我提起你。"

周则兮愣了一下，看着眼前手舞足蹈的陌生女人，有点蒙。

他今天本来想在家里整理一下馆藏品的修复记录，看看林宸那边有没有能用得上的。没想到易舟破门而入，一脸神秘，二话不说就拽着他出来喝茶。

周则兮无语了一路。

现在，看到易舟和林宸身边的陌生女人眉来眼去，他眉峰一蹙，似乎明白了什么。

顾琳对完暗号，目光移向奶茶："呀！小周先生还给宸宸带了奶茶呢，真是贴心。"易舟这小兄弟，还挺会办事。

说完，她自作主张地接过奶茶，吸管一戳，直接塞进林宸嘴里。

林宸毫无防备，鼓着腮帮想，她现在并不想喝奶茶啊！

被抢了奶茶的易舟还没反应过来，半张着嘴，欲言又止，表情有点扭曲。

算了！为了兄弟的终身幸福，贡献一杯奶茶算什么！

"那个，我忽然想起来要加个班，先走了啊！"顾琳看向易舟，"这位兄弟，我掐指一算，看你印堂发粉红，也有急事吧？不如一起走？"

易舟愣了一下，点头如捣蒜，拔腿就要溜。

周则兮和林莀对视了一眼,傻子也知道是怎么回事了。他叹了口气,一把抓住易舟的后衣领:"怎么,帮你俩相亲还不够,还得帮忙约会?是不是还得帮你们结婚?"

易舟转回头,"嘿嘿"笑道:"那敢情好!早生贵子!"

林莀眉心一跳。

结婚……早生贵子……

林莀脑子里忽然蹦出一个婚礼画面,还是特别符合周则兮气质的明制汉服婚礼。红绸红烛,他穿着蟒袍、皂靴,对面的新娘一身华丽的凤冠霞帔。盖头下的脸渐渐浮现,眉眼弯弯,朱唇含笑——居然是自己!

旁边一个小孩含着奶嘴,学司仪高喊:"爹娘对拜!"

林莀脸"唰"地红了。

什么鬼啊?

可嘴角却不由自主地露出了一点笑意,林莀立马绷住。

周则兮的目光扫过来,她怎么又一副猥琐样?

男人眼睛眯了眯,一把放开易舟,朝林莀走近了两步。

这小姑娘,不会又在开什么少儿不宜的脑洞吧?

周则兮:"想什么呢?"

林莀晕乎着,"嘿嘿"笑道:"结婚啊。"

其余三人一脸震惊。

顾琳扶额,掐了她一把:姐妹,咱就是说,能委婉点不?

痛觉把林宸一下子拽回现实。

天啊!她说了什么?不是画外音吗?她终于明白了什么叫"社死"!啊啊啊!我是流氓,我错了!神仙哥哥对不起!

她本来还能因为今天的事理直气壮地找顾琳讨个说法,至少让顾琳包下她一个月的"全家福"奶茶。可现在,林宸的目光扫过周则兮,心一下子揪紧,瞬间回到了前几天为他的点赞抓狂的状态。

有过之而无不及!

周则兮没有说话,只是推了推金丝眼镜,目光在女孩子脸上流转。

好一个外强中干、口嗨心慌的小妖精!

他嗤笑一声:"想得还挺长远。要不要给你小舅舅报备一下?"

"啊?"林宸一愣,猛摆手,"不是不是,我就是脑子忽然抽了,我错了行不行,小周叔叔?"见男人不接招,她深吸一口气,捧着小脸卖萌,"则兮哥哥?饶了我吧?"

女孩子的眼睛水汪汪的,就那么看着他,像只可怜兮兮的小狐狸。

周则兮眉心一跳,一口气卡在胸腔,耳朵瞬间绯红。

他清了清嗓,遮掩似的推了一下眼镜:"行了,我还有工作,散了吧。"他看向林宸,"你怎么走?送你回家?"

"不用了,不用了!"林宸绽开乖巧的笑脸,"楼上新开了家剧本推理游戏店,据说有个很火的'城限本(城市限定的剧本推理游戏)',我们公司想研究都买不到本子呢。反正都出来了,我去跟人组队刷个本。"

周则兮点了下头,转身要走。

顾琳却脸色一变,一把抓住林宸的胳臂:"你还敢跟陌生人组队!上回的事你全忘了?"

周则兮脚步一顿,回头看着林宸,一脸严肃。

"其实……已经解决了。"林宸尴尬地笑笑,"小概率事件,没事的。小周叔叔快回去忙吧,拜拜!"

周则兮没有动,只绷了绷嘴角,转向顾琳:"你说。"

"那个……呃……就是上回组队,组到一个圈内大神,宸宸本来还挺高兴的。"顾琳看了看林宸,眉头渐渐皱紧,"没想到那大神一来就对宸宸动手动脚的,一起刷本的人也不敢吱声,有的甚至还阴阳怪气地开玩笑……别说宸宸这个受害者了,我光听着都恶心到爆!"

"宸宸,还是别与陌生人组队了吧,回头你们部门一起来刷呗?还能报账!"

"我不是反手甩开,然后报警了吗!"林宸拍了拍顾琳的肩,"放心吧,你姐妹我会保护自己的!再说了,组队刷本是我的权利,为什么要用别人的错误来惩罚自己?就那种人渣,来一个姐逮一个!"

顾琳:"话是这么说,可……"

话音未落,只见周则兮的眉越皱越紧,嘴唇绷成一条直线。

049

林宸只觉上方飘来一阵寒意,一抬头,就撞上周则兮这副眼底含刀的表情。她下意识抖了一下,这位小周叔叔不会不让她去刷本了吧?

周则兮默了半晌,安静的空气中忽然响起一个低沉的男声:"我也去。"

林宸一脸蒙:"哈?"

周则兮看着她,推了推眼镜:"履行监护人义务。"说完,他一把拽上林宸的双肩背包,淡定地往电梯方向拖去。

林宸跟跟跄跄地跟在他后面,一时还没明白发生了什么。

周则兮:"几楼?"

林宸:"二……二十五。"

不远处的顾琳和易舟看着二人,咂嘴摇头。

易舟:"这算个什么说法?"

顾琳摸着下巴,眼睛微眯:"情窦初开,情非得已,情不自禁,情……哎,我跟你说得着吗?快走吧,电梯都到了!"

易舟本着八卦的精神,在电梯门关上的前一秒,和顾琳"咻"一下挤进电梯。

周则兮只淡淡地看了二人一眼,没有理他们。

林宸被周则兮拽住命运的背包带,一副委屈巴巴的样子。

电梯里没一个人敢说话,林宸回过头,偷偷看了一眼周则兮，男人绷着脸，有种莫名其妙的压迫感。

她深呼吸，犹豫了好一阵，才弱弱地开口："那个……小周叔叔，你会玩剧本推理游戏吗？"

周则兮一愣，侧头看着她。

林宸扯出一个尴尬的笑："呃……是这样，我不是针对你啊，就是，如果不太会玩，是会影响其他玩家的体验感的。你……懂我意思吧？"

周则兮点了点头，想了一阵，他一边掏出手机，一边说："要不联系一下你们公司的几位领导一起组队？我想，他们应该不会介意我这个新手影响体验感的，反而会觉得更有利于项目的沟通。"

林宸的眼睛瞬间瞪得老大，扑上去一把捂住他的手机："不用！"她"嘿嘿"一笑，"领导们日理万机，何必麻烦他们呢？小周叔叔，我带你就行。"

周则兮闷笑："那你的体验感……"

林宸捂手机的双手捏得更紧，一脸真诚："能和小周叔叔一起刷本，就是我最好的体验感！"

周则兮无力挣扎了，只觉手被捂得有点发热。林宸的手并不是美人标配的纤纤玉指，它有点肉肉的，白白嫩嫩，像一团软乎乎的棉花，捂得人骨头发软。

他看向林宸，嘴角微微勾起："体验很好，我很期待。"

林宸呆了，目不转睛地看着周则兮，刚才的微笑似乎还停留在男人的嘴角……美色啊，真是个好东西。

顾琳和易舟站在二人身后,什么也不敢说,什么也不敢问,只是相互交换眼神,默默"吃瓜"。

四人到店后,没等多久,就一前一后来了两对小情侣,八人正好一起组队。

周则兮看到这组合,满意地点了点头。因为正好是四男四女的本子,所以难得的没有人反串。

抽完角色后,工作人员把大家带到各自的空间读剧本,做了角色造型。

这个本子叫"血色宫墙",搜证空间都布置得十分精致,帷帐的纹样、古风的桌椅、博古架,还有古琴、围棋、弓箭、可以吃的古风小点心……氛围感拉满。

林宸抽到的角色是辰妃,空间叫"星辰殿"。

周则兮的"侍卫处"正好在旁边。由于日常大量阅读文献,他早就练成了一目十行的技能,很快把剧本读完了,所有细节、时间线都存在了脑子里。

他的任务有两个:一、保护辰妃不受怀疑;二、隐藏自己的凶手身份。

也就是说,不管是辰妃,还是他自己被投为凶手,游戏都算失败。

周则兮抬眼看去,所有人都还在读剧本。剧本的可读性很强,大家跟着剧本走,就像看小说一样,除了记时间线,其他的并不需要太费劲。

只有林宸,一脸认真,一手做调研笔记,一手拿着旁边的小点心时不时吃一口，沾了一手饼干渣，跟小孩子写作业似的。

周则兮轻笑了一下。

林宸刚好看完剧本，一抬头，周则兮的笑容撞入她的眼帘。

剧本的其他男性角色要么位高权重，要么是皇亲国戚，服装一个比一个华丽。就连林宸自己，也是一身华丽的汉服，珠翠满头。

只有周则兮，一身简单到极致的纯黑侍卫服，腰间别着绣春刀，飒爽利落，和他脸上的金丝眼镜竟然形成了一种奇异的反差感。

好像在他斯文的外表下，隐藏着一些东西，让你看不穿，猜不透，挠得人心痒痒。

而且，他还在笑……林宸忽然想起剧本里那句：他穿行在冰冷的黑夜，是你灯下朦胧的影子，也是你毕生不可触及的温柔。

她一时脸红，忙移开目光，开始观察众人。

只是，不知怎的，她心跳莫名有些快，总静不下来。

正烦躁着，NPC（non-player character 的简称，游戏中的非玩家角色）小太监忽然出现，请示"太监总管"易舟去送御膳。易舟挺爱演，拂尘一甩，捏着尖嗓子，大摇大摆地跟着 NPC 去了。

不远处，"养心殿"的窗户上映出"皇帝"的身影。

他吃过御膳后，忽然一口鲜血喷在窗棂上，接着便僵硬地倒下。

"啊!"易舟和小太监同时发出尖厉的惨叫,叫声穿透宫墙。

众人闻声而出。

皇帝驾崩,游戏正式开始。

伴随着窗外打雷闪电的特效,众人在NPC小太监的带领下来到"御花园",开始阐述不在场证明。

从第一个人说话起,周则兮就开始记笔记。

旁边的林莀抬眼看他,只觉得这方法有点笨,果然是个新手!

她伸出手指,戳了戳周则兮的胳臂:"小周叔叔,这一趴不用记这么详细,知道大致的时间线就行了。他们独处的独处,办私事的办私事,说不准还有双凶手相互包庇,基本上没什么信息量,你后面好好搜证就好了。"

"这样啊。"周则兮故作认真地点了点头,但还是没停下手中的笔。

他才懒得管别人的时间线呢,只是想多抓点发言漏洞,到时候多甩锅几个人,把水搅浑。

而林莀,眨巴着大眼睛望着他,一脸真诚地等着倾囊相授,似乎对他毫不怀疑。

只是这仗义劲……过头了吧?

要搁平时,林莀不得变着法子诈他?

要么是她太不把自己这个新手当回事,要么……周则兮灵光一闪,她不会也拿的凶手牌吧?所以刚才那么殷勤，只是想骗他的支持票。

男人闷笑一声，推了推眼镜，转头凝视着林宸。

半晌，他低声道："玩得真好。"说完，他还送给她一个意味深长的微笑，继续记笔记。

林宸蒙了，什么意思？他又笑什么啊？让他少记点笔记就算玩得好了？她脑子里突然钻进剧本里写的最后一句话：你就是凶手，请隐藏身份。

林宸瞬间有点心虚，咽了咽喉头，没敢再跟周则兮搭话。

说来也怪，她平时玩凶手牌的时候，都能做到脸不红心不跳地撒谎，怎么一撞上周则兮，就慌了呢？

他不会克她的凶手运吧？

林宸一时烦躁，偷瞧一眼周则兮，在心里暗骂一声"蓝颜祸水"。

接下来的第一轮搜证、集中讨论环节，都进行得很顺利。期间，NPC小太监送来了"太医院"出的尸检报告，死因是中毒。最后送御膳进去的大总管易舟一下就被推到了风口浪尖，其他玩家各有各的疑点。一群人你来我往，唇枪舌剑，连林宸这样的元老级玩家都觉得精彩异常。

甚至周则兮这个新手，陈述证据的时候都充满了闪光点。

他用藏在暗格里的半瓶毒药，把一位玩家问得一愣一愣的。

林宸一度怀疑，他这种逻辑流选手，真是第一次玩？

脑中不禁浮现起男人那个意味深长的笑,她打了个寒噤,抱紧自己。

最后一个发言的是顾琳——长公主殿下。

她的动机是看不惯皇帝骄奢淫逸的作风,想要另立新君,造福百姓。

"和本公主相比,某些人的作案动机、格局就小了太多。"她看着林宸和周则兮,笑得有点贼,"孙答应和狂徒的故事(出自影视剧《甄嬛传》)……听过没?"

易舟眼睛一亮,DNA(脱氧核糖核酸,此处比喻自己已有的或印象深刻的记忆)瞬间动了:"我去!你俩可以啊!"

林宸和周则兮对视一眼,一时有点尴尬,都转过头去。

顾琳甩出一堆证据:"辰妃受不了皇帝不把周侍卫当人,打骂都是家常便饭,殊不知周侍卫是为了守护辰妃,才忍辱负重,待在皇宫。每晚,他都会来到她的窗前,直到'星辰殿'的灯火熄灭,而她也会看着他远去的背影,才能安然入睡。"

顾琳十指交握,一副"嗑到了"的表情:"他们的动机,就是彼此汹涌的爱意啊!"

林宸、周则兮无语,有必要这么做作吗?

其他人也跟着起哄。

"这也太甜了吧!"

"大家篡位的篡位,造反的造反,还有邻国的间谍……你俩居然暗搓搓地走言情线?"

"相互暗恋而不自知，太好嗑了！"

林宸被说得有点心慌，她抬头偷瞧了周则兮一眼，没想到他也正看着她，四目相对，撞个正着。

一时间，二人眼神拉扯，你来我往。

林宸的心跳不自觉地"咚咚"作响，呼吸也跟着急促起来。她从未有过这样的感觉，仿佛男人的眼睛里有一个漩涡，深不见底，却充满诱惑，让人想要沉沦下去。

周则兮也有点慌了，这种感觉让人陌生又兴奋，只在二人之间暗流涌动，说不清道不明，憋得人难受。

忽然，"轰隆"一声惊雷，四周的灯笼、蜡烛全部熄灭，整个皇宫陷入黑暗。

四周响起一阵凄婉哀怨的古风哼唱。

"什么情况？"

"我去！这是个恐怖本啊？"

"不是，刚才谁掐我了？"这是易舟的声音。

顾琳："别叫，是老娘！"

尖叫声此起彼伏，只有林宸和周则兮，还沉浸在刚才的情绪里，心有悸动，意犹未尽。

似乎过了许久，一直没有听到林宸的声音，周则兮这才反应过来，他心脏莫名紧了一下，皱了皱眉头，低声试探："宸宸？"

无人回应。

"宸宸？林宸！"

依旧没人应答。

什么情况?周则兮瞬间慌了,正要摸黑去找工作人员的时候,灯光一下亮起,一群人茫然地相互对视。

周则兮扫视一圈,果不其然,林莀不见了。

他脑子里忽然钻出一堆玩游戏出事的社会新闻,加上剧本推理游戏恐怖氛围的烘托,一时说不清楚是担心更多还是愤怒更多,抬腿就要出去。

易舟一把拦住他,一脸蒙圈:"大哥,你干吗呢?"

"莀莀不见了!"

旁边的顾琳打量了周则兮两眼,猛地笑出来:"放心放心,她多半是被抓去做单线任务了。小周先生,你是真没玩过啊,莀莀最喜欢这种环节了,爽到起飞!"

剩下的玩家也都看着周则兮憋笑。

有人开口说:"这位叔叔,这是现在最流行的剧本推理游戏加密室的玩法。放心吧,你家辰妃不会出事的。"

接着,一屋子人一阵爆笑。

而林莀那边,已经打开地板上的机关,来到了一个地下空间。

她本来就精通这些玩法,所以刚才椅子动的时候,她很淡定,一声不吭。

另一方面来说,她当时脑子太蒙了。

现在她倒是能隐隐约约听见周则兮的声音,不过这里隔音太好,听不清楚他们在说什么。

也不知道为什么,林莀只是听到一丁点他的声音,她的心就又开始发慌,整个人不受控制地紧张。

林宸甩了甩头，强迫自己不要多想。

一定是因为这个该死的情感本！自己是一个专业的剧本推理游戏编剧，怎么可以对剧本设定上头！即使套了周则兮的神颜，那也都是假的！假的！况且这还是别人写的剧本！太打自己的脸了！

林宸深吸一口气，赌气似的，转头就斗志昂扬地观察起新空间。

这里完全是另一个世界，四周都是酷炫的灯光，有点像电竞房，但更具有未来感。

桌面上的电脑屏幕闪烁着一个LOGO（标识），旁边放着一个有电子锁的盒子。林宸找了些线索，解开开机密码，屏幕上跳出一个文件夹——"血色宫墙"手游代码。

好家伙，还是个"变格本（在现实中无法实现的事件、故事手段）"！

敢情他们都是游戏人物！

林宸继续往下看，越看越觉得不对劲。刚才的熄灯是因为游戏系统被人入侵，删除了皇帝这个角色，可这跟案件本身又有什么关系呢？

另一边，众人继续进行第二轮搜证，却发现"皇帝"的尸体消失了。

与此同时，周则兮在一旁的地板夹缝里搜出了一枚电子钥匙，只是他什么也没说，默默藏进了袖子里。

没多久，林宸找到机关，拿着带电子锁的盒子从密室出来了。

"你那边什么情况?"众人看到她出来,一窝蜂地全围了上去。

只有周则沣,站在稍远一些的地方,默默松了口气。

林宸迅速把大家都是游戏人物的设定解释了一遍,众人纷纷迫不及待地前往地下密室找线索。

周则沣这才朝林宸打了个手势:"宸宸,过来。"

林宸心一紧,也不知道周则沣要说什么。慌张的感觉又开始蔓延,她强压下,才慢吞吞地挪过去。

周则沣看着她微红的小脸,抿了抿发干的唇。

沉默了半晌,他进入正题:"'皇帝'是不是你杀的?"

"嗯?"林宸一愣,原来是聊案情啊,虚惊一场,她没想到小周叔叔学会诈人了,清了清嗓,开始一本正经地胡说八道,"当然不是我!且不说我没杀人,就算动手了,现在尸体不见了,是因为游戏角色被删除,连加血复活都无望,这才是真正意义上的'死',我们要投的应该是这个幕后大 Boss(领袖)。"

其实林宸心里清楚,这多半是个双凶手本,两个都得投。现在她只有找出大 Boss,和他绑在一起,胜算才会更大。

周则沣:"是我。"

林宸一蒙,他这算是……自爆了?

周则沣从袖中取出电子钥匙,递给她:"我的诚意。"

诚意……林宸盯着钥匙，犹疑地伸出手，接过它的那一刻，她竟然有种收聘礼的庄重感。

完了完了！

林宸的脑子瞬间乱成一团：我太不要脸了！流氓思想深入骨髓了吗？

她甩甩头，把注意力转回到游戏上。

电子钥匙恰好与她带上来的盒子上的电子锁匹配。

解锁后，里面是一部手机，打开《血色宫墙》的游戏界面，能看到一封告别信。

大概的意思是三个网友一起玩游戏，其中一个人因为某种原因想要留在游戏里，他删除了"皇帝"，并与队友告别。而这个人，就是幕后凶手！

林宸看看手机，又看看男人，半信半疑："留在游戏里……你图啥？"

"侍卫"就一恋爱脑人设，难不成还删了"皇帝"反帝反封建？

周则兮笑了，轮廓分明的指节推了推眼镜，认真地说："你。"

他看着她，嘴角的笑意若有似无，一时让人分不清是沉浸角色，还是……林宸又慌了，咬着唇，深吸了一口气："那个，那……我们要……要甩锅给谁啊？"

"我当然是甩给两个游戏队友。"他靠近一步，"至于你，好好谈恋爱。"

男人拍了拍她的头，微微一笑，转身去到密室，神不知鬼不觉地混入人群。

林宸愣住，像被点了穴一样，只觉得有一股电流从头顶直传向脚趾尖，麻麻的，乱人心神。

后面的自由讨论环节都过去了好久，林宸才回过神来。

她重新评估了一下局势，显然已经有人以CP感太强为由，怀疑他们了。

场上现在其实有三个阵营，凶手阵营、造反阵营、邻国间谍阵营，这完全可以把一个追凶本变成阵营本。两张凶手牌没有夺权诉求，只想单纯谈恋爱，林宸忙建议周则兮，他们可以拉拢造反阵营，一起把间谍投出去。

周则兮颔首："都听你的。"

林宸心尖又是一麻……这该死的好看！

最终的结果自然也如林宸计划的那样，两个阵营绑票，凶手完美胜出。

店主说，他们是有史以来第一次玩出这个结局的组合，还一人送了一个小礼物。林宸和周则兮拿到的是"凶手情侣徽章"。

之后，相亲四人组又一起去吃了火锅。

林宸在餐桌上拉着大家一起复盘了整个剧本，打算下周上班写一个分析报告。

几人聊了很久，回家的时候，天已经黑透了。

林宸坐在周则兮的副驾，半开着车窗。外面是星星点点的霓虹，城市的风有些微凉，吹过发丝，带起一阵清冽的空气。

周则兮的车技很好，车开得平稳又安全。

他看了林葭一眼："玩累了？"

"没有。"林葭笑笑，转回头，"小周叔叔，没想到你玩剧本推理游戏这么有天赋，你还有多少惊喜是朕不知道的？"

周则兮轻笑了一声，足尖轻点刹车，刚好停在了林葭小区门口。

他转头看着她，手肘搭在方向盘上，半晌，身子才微微前倾："想知道？"

林葭的心又开始狂跳。

车里的灯光有些昏暗，他就那么看着她，呼吸中有刚才吃过的薄荷糖气息，眼神里的情绪在蠢蠢欲动，隔着镜片，看得林葭有些燥热。

她也不知道该用什么词来形容车里的氛围，紧张、尴尬，抑或是暧昧？

心脏还在狂跳，林葭咽了咽口水："我……我……"

半天没憋出一句整话。

周则兮默默等着，似乎过了好久，林葭才挤出一句："我到了。"

周则兮笑了，垂眸推了推眼镜。

他身子退开，顺手解开车门锁："来日方长。"

"啊？"林葭有点呆，也来不及多想，只想快点离开这种氛围，"小周叔叔，再……再见！"

说完,她一把推开车门,落荒而逃。

周则兮摇下车窗,撑着头目送她的背影,嘴角挂起浅浅的笑。

这小流氓,原来也会害羞啊!从前都是她调戏他,现在调戏回来的感觉似乎还挺不错。

周则兮勾了勾嘴角,见林宸公寓的灯光亮起,才踩了油门离开,车载音响一路上轻快地唱着:"说什么王权富贵,怕什么戒律清规……"

此时的林宸正躲在窗帘后,只露出了一只眼睛。

见周则兮的车开走了,她才缓缓松了口气,平复自己的心跳。

一整晚,林宸都翻来覆去难以入睡。周则兮的脸时不时就闯入她的脑子里,微笑的、恼怒的、挑衅的……一声招呼也不打!

对于美颜的兴奋,已经不知不觉地变成了另一种情绪,林宸从未感受过,也不知道该怎样去描述,只是有些慌乱,又带着雀跃,但更多的,是从心尖滋长出的陌生的甜。

她脑子一时乱得很,哼唧两声,一把蒙住被子。

第二天早晨,林宸顶着两个核桃大的黑眼圈踩点到达公司,还没进门,就被乔乔拦住:"好消息,好消息!今天不上班,团建走起!"

林宸还没睡醒,晕晕乎乎地看着她。

"小周先生邀请了全公司同事去参观春山博物馆！正好今天周一是闭馆日，只接待我们！"乔乔对这个网红博物馆早就心向往之，只是一直没抢到票，所以格外兴奋，"看！你的电脑和工作手账我都帮你拿下来了。走，转身，上车！"

林莀愣了两秒，才发现大楼门口停着一辆大巴，同事们都已经坐在上面，朝她热烈地招手。

听乔乔说，这车是周则兮怕大家过去不方便，一大早就安排好的。

男人的脸又浮现在林莀脑海里，他推了推眼镜，一脸坏笑："来日方长。"

林莀一个激灵，甩了甩脑袋，试图把周则兮的脸甩出去，她忙拽着乔乔上车："走走走！工作工作！都是为了工作！"

乔乔一脸蒙，这话没头没尾的，都什么跟什么啊？

同事们一路上都在兴奋地讨论春山博物馆的事情，有人分享了攻略，有人甚至还馋上了周则兮的亲自讲解。

只有林莀，一直死盯着窗外，手指绞动，脸颊发红，完全不敢参与这些话题。

尤其是在旺仔跟她交代这次的剧本由她主笔，一会儿要好好跟小周先生沟通之后，林莀的心脏和脑子彻底搅成一团乱麻，慌得不行。

"莀莀，你不舒服啊？"乔乔打量她。

"没有！"林莀吓了一跳，回头扯出一个僵硬的微笑，

"就是、就是有点兴奋,这博物馆这么难进,对……对吧?嘿嘿。"

乔乔觉得她有点怪怪的:"那,咱下车吧?"

"嗯?"林宸一怔,这才发现大巴已经停了,同事们纷纷挤着下车。

车窗外,周则兮穿着一身人模狗样的正装,正和老总亲密地握手,笑容灿烂。

林宸"呵呵"冷笑,不管是他的资料显示,还是平时接触下来,周则兮都不是一个这么"社牛"的人啊!还挺能装!

后来两人在一起时,林宸再问起这件事,周则兮说,他不是不会,只是从前不想,就和谈恋爱一样。

下车后,林宸鬼鬼祟祟地走在最后,完全不想让周则兮发现她。

明明她没做什么亏心事,却偏偏心虚得很,一时间心脏又开始狂跳,脸颊烫得像发烧。

乔乔早随着人群挤到前面去了,对着博物馆一顿猛拍。

周则兮扫视一圈,这些兴奋的笑脸中……没有林宸。他皱了皱眉,拿出手机发消息:人呢?

手机振动,林宸手一麻,盯着屏幕,一时不知所措。

她犹豫一阵,发了个敷衍的笑脸:在呢。

周则兮:过来。

林宸:[问号.jpg]

还没等来周则兮的回复,她就听见旺仔在最前面,边扯着大嗓门边招手:"林葭!上来好好听解说,你是主笔!"

接着,手机弹出周则兮的消息——三个狗头表情包。

春山博物馆不大,四层楼,小巧精致。展厅大多按照古人的生活场景布置,或是有隐隐墨香的书房,或是有帷帐、铜镜的闺阁……文物融入其中,放在它们过去会放的位置,所谓身临其境。

林葭在老总和旺仔两双大眼睛的监控下,紧紧跟在周则兮身后。

周则兮走在最前面,一边讲解他熟悉无比的文物,一边时不时用余光看一眼林葭。女孩子虽然有点不自在,但还是认真做着笔记,工作手账上密密麻麻的全是"小蚯蚓"。

周则兮推了推眼镜,微不可察地笑了一下。

林葭一抬头,刚好看到他这个表情。在周则兮给她发了三个狗头之后,她总觉得他有点阴阳怪气的,她真想把狗头"焊"在他脸上,这样或许自己就不会被美色所迷惑,搞得最近总是神经兮兮的。

"林小姐,是有什么地方,我没说清楚吗?"周则兮发现林葭走神,停止了讲解看她,"如果有疑问,可以直接提出来。"

旺仔的目光也看过来,一个劲地朝林葭使眼色,好像在说:你快问呀!过了这村就没这店了,到时候剧本写不好,看我怎么收拾你!

林宸扶额:"没有没有,我只是在消化小周先生您的讲解。"她抬头笑笑,强制把自己拉回工作状态。

"是吗?"周则兮微笑地颔首,"那是我的荣幸。"

林宸扯了扯嘴角,你就装吧!

周则兮没再逗她,推了推眼镜,继续讲解。只是不经意间,他的目光划过奋笔疾书的林宸时,会略微停顿,等她记完再继续。

林宸沉浸在工作里,其他情绪也就暂时被抛之脑后。她跟着周则兮一层层往上,穿过一个个主题展厅,从繁华的唐到雅致的宋,从金戈铁马到书画诗词,小小的博物馆藏着的却是中华光辉灿烂的历史文明。

相较日常所见的钢筋水泥,是别有一番精彩的天地。

周则兮的心中,原来是装着这样的天地。

他带着一行人继续往前,忽然在一幅水墨画前顿步。画卷中的山水浓淡相宜,气韵闲适,虽算不得名家大作,却也是一幅难得的好画。

周则兮道:"这是我十八岁那年,我哥哥带我去伦敦苏富比拍下的。当时他说,这是给我的成人礼物。"

话音刚落,一群人发出"哇"的惊呼。

林宸也惊了一下,她知道收藏家不缺钱,可这幅画少说也是百万级的,没想到小周叔叔这么"凡尔赛"!

周则兮垂眸笑了笑:"当时我也是这样的反应。可是后来,我听拍卖师说,这幅画当年是被八国联军抢去海外的，几经流转，才到了当时的卖家手里。卖家原本不打算卖掉，只是负责这幅画的艺术经纪是个华人，这些年一直致力于古画归国的项目，好说歹说，才终于促成了我们家与这幅画的缘分。"

又是一阵"哇"声，不过不是之前的惊讶，更多的是敬佩。

"也就是从那时起，我才明白这份成人礼的意义。所以，这一个展厅，"他抬手，指向身后，"收藏的都是曾经流落海外，又重回故土的文物。"

一屋子的瓶瓶罐罐、残瓦残片赫然陈列眼前。

林宸看向周则兮，一时有些恍神。印象中的他要么嘴贱，要么冷淡，要不是那一张倾国倾城的脸，这样的性格着实堪忧。可此刻的周则兮，是林宸从没有见过的，他专业、热忱、纯粹，还带着些侠客意气。

那么动人，那么感染人心。

以前看他的网站百科——青年收藏家、业界权威、客座教授……总以为是夸大其词，但此时，林宸看着他，仿佛看见了朝阳。他怀着一颗赤子之心，予一切赞誉，皆是值得的。

完美的皮囊之下，是他独一无二的、珍宝般的灵魂。

林宸的手顿住了，一时不知该如何下笔。她只怔怔地望着他，有一些东西，混杂着被他带动的热血，在心里汹涌澎湃。

众人跟随周则兮来到最后一个展厅。

这个展厅没有存放文物，而是布置了一些古代工艺的体验项目，比如活字印刷、古代织机、古法造纸……平时有手工老师在一旁指导，游客们可以预约体验。不过今天博物馆只接待侦相的人，大家自然是撒欢地玩，还不等周则兮介绍，好多人就已经开始尝试起来。

林宸自然也不例外。

自打进来，她一双大眼睛就滴溜溜地打转，目光最后定在活字印刷处。她满意地点点头，举步过去。

活字印刷的操作相对简单，手工老师便去了其他项目帮忙。

林宸摆弄着像印章一样的汉字小块，学着墙上屏幕里的步骤，开始刷水、刷墨、铺花笺纸、拓印……不一会儿，一张古风小花笺便新鲜出炉。

林宸提起来打量，皱了皱眉头，有些墨色浓淡不均，笔画有的轻到看不见，有的又重得像一团墨点。

周则兮的声音忽然从头顶飘来，念着花笺上的字："林宸真可爱。"

林宸一惊，猛地回头，差点撞上他的胸膛。两人距离很近，似乎只要她一动，便能隔着薄薄的衬衣，触碰男人的胸肌。

林宸咽了咽口水，眼睛直勾勾地盯着他的衬衣合缝，屏住呼吸。

周则兮看着她，这小流氓，还是老样子啊。

他笑了笑，在她反应过来之前，微微退远了些："你印的？"

林宸蓦地回神,刚才印的字……她绷住表情,一把将花笺藏在身后,叠了几叠,麻溜地塞进裤兜里:"我就是随便印着试试嘛,不要在意那些细节。嘿嘿,那个,小周叔叔……我在想,我们的剧本推理游戏里,或许可以用活字印刷来隐藏线索。这样,玩家既有新颖的体验感,又能借机科普非遗,一举两得!对吧?"

"想法不错。"周则兮颔首,"不过,不是你那样印的。"

说完,他脱下西服外套,递到林宸面前:"帮我拿一下。"

林宸一愣,有点不知所措。这个人,说话就说话,脱什么衣服呀,怪让人不好意思的!一时,她的思绪又飘到刚才与他靠近时……衬衣底下的肌肉线条,应该很好看吧。

周则兮看她抿着嘴傻笑,用脚指头想也知道她在脑补些什么了。

他嗤笑一声,把西服塞到她怀里:"看好了。"

男人的气息扑面而来,夹杂着周遭的墨香,林宸有些飘飘然。

周则兮已经挽起衬衣袖口,随手挑了几个汉字块,一一排列后,刷水、刷墨、覆上宣纸,整个过程行云流水,优雅又从容。

林宸抱着西服,歪着头看他操作,渐渐随他沉浸其中。

小小一方操作台,把身后来往的人群都隔绝开了。

一时间天地静默,他慢慢地教,她慢慢地学,岁月悠然,时光静好,一切都恰到好处。

最后一个步骤时,周则兮拿起油墨滚轮,递过去:"你试试?"

林宸点头接过,刚滚两下,周则兮忙阻止:"不要来回滚,容易洇墨,朝着同一个方向,一下一下地来就好。"

他扶上滚轮的把手,手把手地教,却小心翼翼地没有触碰到林宸。

林宸顿了一下,只觉得手酥酥麻麻的,直酥到心尖,却又抓不住、碰不到,是一种说不清道不明的感觉。

两人同握一个滚轮,就那么一下又一下地拓印,墨迹渐渐在纸上清晰,林宸的小脸也越来越红。

不远处,正在体验草木染的乔乔抬头,刚好看见二人的背影,肩并着肩,手挨着手,时不时还相视一笑。

嗯……不对劲,他们不对劲!

她抬手戳了戳旁边的旺仔:"哎,看看你的小徒弟,我总觉得她在工作之余,办了件大事!"

旺仔把棉布泡进染料后才抬起头,他看了两眼,不就是林宸和小周先生在聊工作吗,有什么好看的?

他问道:"什么大事?我徒弟又构思了一个本子?"

乔乔嫌弃地白他一眼:"算了,活该你单身三十多年。"

旺仔:我招谁惹谁了?

林宸完全没注意到身后的目光,只看着周则兮,问:

"好了吗？"

周则兮点头，慢悠悠地去旁边水池洗了手，又朝她抬了抬下巴："看看吧。"

林宸早就迫不及待了，刚才因为想着小周叔叔的肌肉线条，完全没注意他拼了什么字。

她小心翼翼地揭开，印刷的字体工整均匀，像古书一样好看，其上是一句诗：月明林下美人来。

林宸愣了一下，转头看向周则兮："这是……什么意思啊？"

周则兮放下袖管，看着她："以后自夸，这句更合适。"说完，男人冲她微微一笑。

笑意淡淡，意犹未尽。

林宸呆住了，一种莫名其妙的狂热直冲上脑门，在她的脑袋里"噼里啪啦"，像放烟花一样，绚烂又刺激。

深夜，林宸躺在床上，举着和周则兮一起印的诗笺，"咯咯"发笑。

她回家后专门查过，这是明代诗人高启的梅花诗，化用了"林下之风"的典故，形容有才气、有灵性的女孩子。有人以此形容过谢道韫，连林黛玉的人设也与这句诗有着不小的渊源。

林宸想着，笑意更深了。

所以，在周则兮心里，她的形象这么完美吗？还是说，这只是他信手拈来，随便糊弄她的呢？

她一时又有点纠结，思绪渐渐缠成一团毛线球，剪不断，理还乱。

午夜的月光透过薄纱的窗帘洒进来，朦朦胧胧，照着静谧的房间，照着女孩子悄无人知的心事，一夜无眠。

第二天上班时，林宸兢兢业业地把人设初稿定了下来，她拿着资料去打印室，正好看见乔乔拿着文件来找旺仔。

乔乔今天找了各种借口到编剧部晃来晃去，她一会儿找旺仔签字，一会儿找旺仔拿资料，弄得旺仔一脸蒙圈："'局长'，你是不是有事求我啊？"

"哈？"乔乔的目光正锁定林宸，猛地一惊，"啊……你想多了，嘿嘿！我就是想，昨天不是去参观了小周先生的博物馆吗？你们的剧本要是有了新的进度，及时跟我说一声呗，我好提前准备发行的事。"

乔乔被八卦闹得昨晚失眠了。

她离开春山博物馆时，无意间发现他们的大巴后面的树荫下，还停着一辆车，好像就是林宸上回坐的那辆所谓的"网约车"。博物馆闭馆，没几个员工在，所以，有很大概率是小周先生的车！

她仔细想想，按小周先生那么低调的性格，不开豪车很合理，加之……林宸和小周先生那么亲密……八卦之火在她的脑中熊熊燃烧，她兴奋了一夜，于是今天忍不住就往编剧部跑。

"哦。"旺仔听到她的回答，憨憨地笑笑，他也不知道乔乔这个摸鱼大户什么时候对工作这么上心了,对她说,"没问题。昨天我还和小周先生通了电话,他说回头有空就过来把大纲定了。"

林宸抱着一摞资料,刚巧从旁边的打印室出来,隐约听到了二人的对话,虽然不大清楚,但"小周先生"几个字格外清晰。

她故意把脚步放慢了些,假装不经意地向旺仔的工位探头:"师父,小周先生要来啊?"

还不等旺仔答话,乔乔眼睛一亮,一个箭步冲过去,挽住林宸:"是呀,是呀!这不就等着你的稿子了吗?写到哪儿了?"

林宸眨眨眼:"之前我已经把大纲交给师父了,人设的初稿现在也有了。"她晃晃胸前的资料。

乔乔:"那就先给小周先生送过去吧,省得人家等急了!"

旺仔看着她们,脑中"噔噔噔"地弹出一串问号,他刚才说"回头有空"是这个意思吗?

林宸看向旺仔,皱眉发问。

旺仔挠挠不多的头发:"倒也不是不行。"

能提高效率总是好的,再者说,如果林宸自己就能搞定,他不也乐得轻松吗?

林宸这孩子哪儿哪儿都好,就是和客户沟通的能力有待提高,原本他也准备等这个项目做完就给她升职,现在正好锻炼锻炼。

旺仔一时觉得这安排完美："林宸，那你就辛苦一点。今天加个班把人设优化一下，明天就送去吧。"

林宸一愣，她虽然挺想见周则兮的，但本推理女王并不想加班啊！

旺仔想了想，问她："小周先生的联系方式你有吗？需不需要我推给你？"

"不用了，我有的。"林宸笑笑，把加班的怨念强行藏起来。

乔乔的目光突然看过来，带着一抹洞悉一切的笑意，看得人发慌。

林宸心下一抖，忙补充道："那个……昨天才加的，需要小周先生指导一些专业性的问题，嘿嘿！"

乔乔没说话，只是含笑点头，满脸写着"我懂的"三个大字。

旺仔："那你先去忙，改完发我就是，多晚我都看。"

林宸应了声，在乔乔瘆人的注目礼下，迅速溜回工位。

第三章
私聊即可 /

编剧部里坐满了人，四周都是"噼里啪啦"的打字声。林宸托腮望着电脑屏幕，手指有一下没一下地敲键盘。

她今天本来还想找顾琳约顿宵夜，顺便聊聊昨天在春山博物馆发生的事情。但是按照师父的常规操作，不折腾她到深更半夜才怪呢！

林宸叹了口气，给顾琳留个言，发了个屏蔽同事们的"加班没人性"的朋友圈，便全神贯注地投入人设的修改上。

六点、七点、八点……落地窗外的天色由白变黑，CBD亮起层层闪耀的霓虹灯。

办公室里，键盘的"噼啪"声渐渐稀疏，最后只剩下林宸一个，格外清晰。

旺仔家里有生病的老人要照顾，就先回去了。

他和林宸在线上来来回回改了好几版，越改问题越多，到最终定稿的时候，已经快深夜十二点了。

林宸伸了个懒腰，看着闪烁的电脑屏幕，长长舒了口气。

干他们这行，加班到半夜是常事，她早已习惯了。好在老板有良心，从不克扣加班费，时不时还发个红包。

林宸起身活动了一下筋骨，打算点个奶茶歇歇。没想到，她刚打开手机，就弹出周则兮的微信消息：还在加班？

发送时间是两个小时前。

林宸心下一紧，一时不知道怎么回复。

他这是……什么意思？找她有事，还是单纯闲得无聊？

她握紧手机，想了好半天，才回复：刚收摊儿。

正纠结着要发个什么表情包，显得自然一点，周则兮那头秒回：现在回家吗？

林宸回了个"乖巧点头"的表情包。

周则兮回：那下来吧，我在你们公司大门口等你。

女孩子猛地怔住，眼睛瞬间睁大，脑中"咚咚咚"地砸下一连串巨大的感叹号。

她忙跑到落地窗前，看了好一阵子才敢确定。

周则兮的车停在办公楼大门口，在深夜沉寂的CBD

街道，显得尤其扎眼。他闪了闪车灯，向她示意。

林宸的思绪也跟着闪了一下，所以……他是专程来接她的？还等了整整两个小时！还不催她？

林宸一把捂住胸口，靠在落地窗边，试图平息急促的呼吸。

这是什么剧情啊？

她的脑子已经乱成糨糊，只机械地收拾自己的帆布包，按电梯下楼。电梯里，她看着屏幕上显示的数字越来越小，不由得喉头咽了咽，抓紧包带。

办公大厦门口，周则兮靠在车门上，边刷新闻边等林宸。

男人一身米色长风衣，斯文的金丝眼镜依旧架在鼻梁上，四周的霓虹映衬，繁华俗世中，他更显遗世独立，清雅疏离。

偶有加完班经过的路人，忍不住回头多看两眼，周则兮全然不在意，见林宸出来，他才抬起眼皮。

女孩子看上去有点疲惫，春夜的凉风吹动她的裙摆和发丝，她紧紧抓着包带，瞧着可怜兮兮的。

周则兮走过去，很自然地接过她的包，放到后排座位上："怎么加到这么晚？"

"工作多嘛。"还不是因为你！

林宸笑笑，抬眼看他："小周叔叔怎么……想着来接我？是顺路吗？"

周则兮垂眸笑了笑，催着她上了车，才道："你不是发了朋友圈吗？现在我总算知道迦与哥为什么不乐意你干这工作了。"他看她一眼，有点无奈，"大半夜的，你一个女孩子还在公司加班，换谁能放心？"

嗯？

林宸的心再一次揪紧，所以……你也不放心？还是说……你只是小舅舅的说客，受人之托，劝我辞职？

她抿了抿唇："那你也觉得这个工作不合适吗？"

"那倒没有。"周则兮看向林宸，她一双大眼睛充满期待地看着他，像一个小孩子急需得到大人的肯定。

他笑了笑："其实，你自己已经做了决定，不是吗？这就是你最喜欢、最适合的工作，只是任何事都不是十全十美的。我们做收藏的也一样，文物经历了成百上千年的岁月，难免斑驳残缺。而我们收藏后要做的，就是尽力去修复，让那些缺口与痕迹愈合，但总有痕迹是无法抹平的。"

林宸眨眨眼，虽然他说了一大串，但好像并没有回答她的问题。

周则兮："我的藏品的 bug，修复师们会帮我解决。你工作的这点 bug，或许我可以修复一下。"

林宸："嗯？"

周则兮："下次加班你提前说。"

说完，男人轻勾了一下嘴角，足尖踩下油门。

车子驶上宽阔的路面，窗外春风悠然，灯火灿烂。

副驾驶里，林宸咬着嘴唇，侧头偷偷看周则兮。他的侧颜还是一如既往的完美,只是不知为何,今夜少了些傲娇,多了几分温润,引人亲近。

林宸的嘴角不由自主地抿起一丝笑意:"好。"

女孩子的声音很轻,如同三月的风,软软地吹到人心里。

周则兮微眯了一下眼,笑意藏在镜片之后,浅浅淡淡,隐秘又温柔。

第二天,林宸起了个大早,到办公室的时候肉眼可见的心情大好,红光满面,甚至还化了个淡妆。

编剧部开早会时,旺仔看着这个小徒弟,在心里咂嘴摇头:到底是人年轻,前一晚熬夜加班,今天早上精神状态还能这么好。

他抬手摸了摸自己越来越高的发际线,一时有点心塞。

旺仔继续开会:"林宸,昨天我们定稿的大纲和人设,你尽快联系小周先生审核,争取早点定下来。"

"嗯嗯嗯!"林宸积极地点头,笑容灿烂,"待会儿开完会我马上联系他,师父放心。"

旺仔愣了一下,也跟着僵硬地点了点头。

他这小徒弟虽说一直都对工作挺上心的,但也仅限于写剧本。一旦遇到和客户沟通的情况,她总是能拖则拖,这次怎么这么积极?难道真的长大了,懂事了?

关于发际线的心塞忽然就被老师父的欣慰取代了。

"那你加油，师父相信你！"旺仔看着林莀，脸上带着慈祥的笑，"昨天加班辛苦了，今天你忙完就早点回去吧，不用打卡了。"

编剧部一众同事投来羡慕的目光。

换作平时，林莀早就在踢出领导的同事群里发表情包嘚瑟了。可今天，她一反常态，斗志昂扬："不辛苦，师父！我已经随时做好准备，为项目献出我的业余时间！"

众人一愣，内心痛骂，说好的不"卷"呢？你个坑货！

林莀一整个上午都飘飘然的，自然注意不到别人的表情。出了会议室后，她立马给周则兮发消息：喵喵喵！小周叔叔今天有空吗？我来找你确定大纲呀。

接着又弹了两个可爱的猫咪表情包过去。

周则兮正在 S 大和历史系主任沟通下午的学术讲座的事情，快结束时他才看到林莀的消息。屏幕上那只可爱的猫咪挥动着小毛爪子，一下子就挠到了他的心坎里。

周则兮不由自主地笑了起来，举起演讲稿拍了张照片发给林莀。背景是窗外的乌桕树，心形的叶子，一树的盈盈翠翠，在微风中轻轻摇摆。

周则兮：今天恐怕不行，下午有讲座。

旁边的系主任看他忽然变得温柔的表情，心里叹道：看来小周先生对这份事业的感情真的很深啊，不愧是大专家！

眼见快到午餐时间，系主任遂邀请道："小周先生难得来一趟,一会儿一起用个便饭吧?"

所谓"便饭",多半是大餐,吃一顿一个小时起步的那种。

周则兮举了举演讲稿:"有心了,多谢。不过下午的讲座要紧,怕来不及。我还是想多准备准备,一会儿去食堂就好。"

一阵感动涌上系主任的心头:"小周先生真是敬业啊!那晚上您有空吗?"

话音未落,林宸的消息弹出来:那好吧……后面跟了一个失望得低头戳手指的表情包,可怜兮兮的,毫不遮掩,估计和她现在的表情一模一样。

周则兮笑了笑,回:今天还加班吗?

林宸盯着屏幕眼睛一亮,回复快到完全不经过脑子:加!

周则兮:嗯,我来接你。

林宸躺在办公椅上转来转去,脸上的表情瞬间由阴转晴,顺手弹过去一个放烟花的表情包。

周则兮含笑摇摇头。

系主任看他心不在焉,又满面春风的,没太懂。

他皱了皱眉:"小周先生?"

周则兮蓦地回神:"抱歉主任,晚上我也有事。"他晃晃手机,笑得一脸得意,"接个小朋友。"

系主任不理解,帮人接孩子值得这么嘚瑟?

另一头,"林宸小朋友"收到小周叔叔接人的承诺,开心到整个人快要飞起来，连写剧本的时候都格外卖力。

午休的时候，顾琳打电话约林宸吃晚饭，美其名曰给林宸一个机会，弥补昨天临时加班放闺蜜鸽子的过错。

没想到，林宸毫不犹豫地拒绝了："最近我都没空，多半天天加班。"

顾琳蒙了："你老板给你涨了多少工资，这么拼？三倍还是五倍？"

林宸："庸俗！本仙女在干一件大事。"

顾琳："你要干什么？"

林宸："周、则、兮！"

顾琳瞪大眼，她的狐狸尾巴终于摇起来了？

林宸没有再多聊，挂断电话后，她嘴角勾起狡黠的笑容，默默拿出自己的生活手账，写下目标：今天攻略周则兮了吗？

女孩子心情舒畅，灵感爆棚，一整个下午的工作效率都特别高，到下班的时候，案件的时间线都快写完了。

旺仔走到门口打下班卡时，看林宸还在，惊了一下："不是让你早点回去休息吗？"

林宸闻声抬头，狗腿一笑："今天灵感爆发，我再加个班！师父你快回去吧，拜拜！"

说完，她狂挥双手，目送旺仔充满疑惑的背影。

同事们见林宸这样，倒吸了一口凉气，这人最近不会是中邪了吧？好不容易今天事少能按时下班。

大家面面相觑，千万不能被林宸的"卷王"氛围感染，加快速度收拾东西溜了。

而林莀,默默码着字,见大家都走了,她点开了最近正在追的小甜剧。

只是她脑子里一直钻出周则兮的模样,屏幕上的霸道总裁瞬间就不香了。她回想这两天发生的事情,虽说不是自己有意促成,但发朋友圈诱敌深入的效果似乎还蛮好的,周则兮也挺上道。所以,今天是不是能试试"得寸进尺"了?

林莀转了转大眼睛,抬手又发了个朋友圈:加班和奶茶最配了!但小可怜只有加班,没有奶茶!

按下发送键,她挂着甜甜的笑,继续追剧。

不过,女孩子的眼睛总是忍不住去看手机——漆黑的屏幕,风平浪静。

时间缓缓流逝,林莀渐渐变得气鼓鼓的,像只膨胀的河豚。该死的周则兮,天都快黑了,怎么还不回复?好歹点个赞啊!难道讲座还没有结束?学生们不吃饭的吗?最讨厌拖堂的老师了!

她长长地叹了口气,难道周则兮最近的表现……只是自己想多了?

林莀捧脸对着电脑屏幕,小甜剧已经完全看不进去了。她一会儿看看落地窗外,一会儿又跑出去看看电梯口,却始终没有周则兮的身影。

女孩子的思绪在"自作多情"和"双向奔赴"之间反复横跳,脑中仿佛有两个小精灵吵得不可开交。

肚子上写着"自作多情"的那个小精灵,她弹弹翅膀上的羽毛,"呵呵"两声:"人家不过把你当小孩子,哄着玩罢了,真当自己是根葱了?没见过你这么自恋的人!"

肚子上写着"双向奔赴"的那个小精灵,生气地叉着腰,羽毛都气炸了:"那也没见他哄别的女孩子啊!我才是唯一的!你以为谁都像你那么闲?"

"自作多情"小精灵瞪大眼:"我怎么闲了?假装加班的人比较闲吧!"

"双向奔赴"小精灵抬手就是一拳:"那是策略!是策略!"

不知不觉,天色已经黑透了。

就在两个小精灵打成一团的时候,一阵脚步声忽然在林宸身后响起,越来越近,越来越近。林宸眼睛一亮,猛一回头,只见顾琳正站在身后。

她一身丝绸连衣裙,妆容精致,眼影还是带闪片的,冲着自己眨眼一笑。

失望的感觉再一次袭来,林宸默默转回椅子,继续捧脸发呆。

"你这是什么表情?"顾琳走上前,没想到美人计在这家伙面前第一次失效了。她看了眼林宸的电脑,屏幕上还在播剧,她"呵呵"了一声,"哟,我竟然不知道,您老的加班内容是追剧呀?"

顾琳接着娇哼一声:"亏我还听到你朋友圈的召唤,

带了奶茶给你!"说完,她把"全家福"奶茶"咚"地放在桌子上,故作生气。

林宸跟着声音抖了一下,缓缓转头看着顾琳。

沉默了一晌,她忽然小嘴一撇,一把抱住顾琳:"还是姐妹对我最好,男人都是'大猪蹄子'!"

顾琳吓了一跳,这人什么时候这么矫情了?

她嫌弃地拎开林宸:"看你这样子,是'大事'没干成啊?想召唤的也不是我咯?"

林宸噘着嘴,不太想谈论这个事情。

她打量了顾琳一眼:"你打扮得这么好看,也不是为了见我吧?"

顾琳"嘿嘿"一笑:"我们杂志社和隔壁游戏公司搞了个小联谊会,就在附近的KTV。怎么样,姐妹,忘掉'大猪蹄子',一起'浪'起来?"

说完,她撩了一下波浪长发,明艳闪耀。

林宸疑惑:"自从那事之后,你不是一直拒绝谈恋爱吗?"

顾琳兴致勃勃地说:"但我是真想唱歌啊,那家KTV音响真的绝了!"

林宸看着她:"你这个大美人往那儿一站,那些小哥哥可就没法好好唱歌了。"

顾琳捧着脸,甜甜一笑:"那正好让女生们霸麦呗!"

林宸无话可说,所谓恃靓行凶,就是这种状态吧……她笑了笑,还没来得及说话,就被顾琳挽着拖出来,顺便帮她戳开了奶茶、按了电梯,服务周到,不容拒绝。

林葭想,如果周则兮真是拖着不乐意来,自己一会儿就跟他说已经回家了,这样,大家就都有台阶下了吧?

整栋写字楼已经不剩几个人,电梯数字跳动,很快就上来了。

只是林葭没想到,电梯门打开的时候,捧着奶茶和顾琳说笑的自己瞬间"石化"了。

电梯里,周则兮依旧戴着他标志性的金丝眼镜,人站得笔直,和她面面相觑。男人一只手插在裤袋里,另一只手上,提着一杯香喷喷、热腾腾的奶茶……

尴尬。

浑身每一个毛孔都充满尴尬。

可不知为什么,林葭心里又滋生出一点小雀跃。

她愣愣地看着周则兮,紧了紧手中的奶茶杯。她自己手里这杯,全糖、厚乳、小料加满,而周则兮手里的那杯,标签上写着"无糖、鲜奶、去奶油"。那是最近很火的一个牌子,不仅限量,还要排好久的队,她还从没有买到过呢!

这就是他晚到的原因吗?林葭的心蓦地紧了一下。

短短一秒钟,没人知道她经历了这么复杂的心理活动。

她深吸一口气,心一狠,把手里的"全家福"奶茶往旁边的垃圾桶一送。

伴随着"咚"的一声巨响,林莀咧嘴一笑,挥手:"嗨,小周叔叔!顾琳的奶茶喝完了,我帮她扔掉,嘿嘿!"

顾琳瞬间眼睛睁大,瞪着她。

这就是传说中的睁眼说瞎话吗?说好的姐妹最好呢?

周则兮也皱了皱眉,空杯子好像不是这种声音吧,一时又觉得她有些可爱。他走出电梯,推了推眼镜:"你这是要走了?"

"没有没有。"林莀摆手,"就是……看太晚了,你也没发消息,还以为你不来了,就、就有点饿,想先下去吃点东西。"

一旁的顾琳扯了扯嘴角,这家伙还学会撒谎了!

周则兮看了一眼手表,不过八点:"我是怕来早了耽误你工作,毕竟昨天加班到那么晚。"

顾琳一双八卦的眼睛亮了,她盯着林莀,似乎在问:昨晚还有事儿呢?挺劲爆啊,居然瞒着我!

林莀瞪回去。

她看向周则兮,换了个笑脸,也没想到现在才八点。

等待的时光果然度日如年啊!

"小周叔叔,"林莀道,"我也加班得差不多了,我进去关个电脑咱们就走吧。"

周则兮点点头:"你不是饿了吗?吃了饭再回家吧。"他看向顾琳,"顾小姐要一起吗?"

顾琳还没答话，林葳忙道："她约了人！只是找我拿点东西，我这不是送她下楼嘛。"

顾琳沉默地看着她：你刚才还说你是下楼吃东西的……

她随即转向周则兮，笑容阴阳怪气又意味深长："的确如此。我先陪她进去关电脑，麻烦小周先生等一等。"

周则兮颔首。

顾琳便架着林葳进去了。

看着林葳慌慌张张的背影，周则兮只垂眸笑了一下，也没有去猜想女孩子们的小心思。

顾琳靠着工位的桌沿，抱臂等林葳收拾："喂，连放我两天鸽子了！你真放心我一个人去联谊会？"

林葳关了电脑："要不你别去了？周末我请你去唱个够，果盘、饮料随便点！"她眨巴眨巴可怜的大眼睛，"姐妹的幸福可全靠你了！"

顾琳扶额，提起来的一口气全泄了："滚滚滚！"

"好的，女王大人！"林葳对她比了个大爱心，一起下楼后便与她欢乐告别。

周则兮已经戳好奶茶吸管，站在车边等林葳，见她走过来，便把奶茶递给她。

林葳接过，吸了满满一大口，虽不是习惯的味道，但她依然觉得又甜又暖，还有一种不可言说的新鲜感。

周则兮看她一脸幸福满足的样子，似乎被她感染，嘴角也挂起一丝浅淡的笑意："葳葳，其实以后……可以不用发朋友圈。"

"嗯?"林宸抬头,嘴里还咬着吸管。

周则兮抿了抿唇,镜片后的眼睛凝视着她。反光之下,男人的眼神显得有些晦暗不明,像一汪深潭,叫人好奇又心悸。

他微微倾身,声音轻得似耳语:"私聊即可。"

私聊,即可……

林宸呆住,奶茶停在吸管里不上不下。

他的气息似乎还在耳边萦绕,伴随着春夜的微风,痒痒的,酥酥的,意犹未尽。

周则兮笑了笑,俯身为她打开副驾驶的车门,林宸顺势"哦"了声,乖巧地钻进去,只是她的耳垂有些发红,像颗鲜嫩多汁的小樱桃。

周则兮的目光顿了顿。

这些日子,某种陌生的感觉在他心里越发明晰、膨胀,感觉随时都有可能喷涌而出,令人兴奋,令人沉沦。

周则兮不愿操之过急,林宸这个"口嗨心怂"的"小妖精",其实很容易受到惊吓,然后飞速逃开。就像今晚,如果他再晚一步,她是不是就跟着顾琳溜了呢?

周则兮不愿冒险,只能循序渐进地为她打开更多的门,诱她一步步靠近,盼她试探之后——愿者上钩。

背街的人行道上,顾琳孤零零地在KTV门口徘徊,有点百无聊赖。

她想和杂志社的妹子们唱歌，又不想面对黏上来的男生们，正纠结着，一个熟悉的身影忽然从旁边的便利店出来。

易舟一手拿着三明治，一手拿着可乐，和顾琳撞个正着。

顾琳："你怎么在这儿？"

印象中，他不是在文保院工作吗？离 CBD 好几站呢！

易舟猛地抬头，笑了笑："哎，是你啊！没撞着吧？"他看了眼密封的可乐，舒了口气，"我住在附近，刚加完班回来，买个晚饭。"

"你就吃这个啊？"顾琳看向三明治。

"我就一个人，简单对付对付就得了，也不能天天吃外卖。"说完，易舟拆开三明治，毫无顾忌地吃起来。

顾琳无奈，这和外卖有区别吗？

她打量他两眼，看他的吃相，他是真饿了，一个绝妙的想法忽然钻进顾琳的脑子。

她立马换了个灿烂的笑脸："你想不想吃点好的？免费的那种！"

"哈？"易舟还包着一嘴三明治。

顾琳："看见这家 KTV 了吗？"

易舟蒙圈地点点头。

顾琳勾唇，继续说道："走进去，再走进 666 包房，陪我坐一晚上，保证你果盘、小吃、酒水、零食，无限畅吃。如果不够，想吃什么，我再给你叫！"

易舟仔细听完，费劲地咽下最后一口三明治。

他看着顾琳的笑容，忽然有点瑟瑟发抖，忙下意识地手臂交叉，挡在胸前："你你你……什么意思？我可是个正经人啊。"

"什么跟什么呀？"顾琳皱眉看着他，猛翻一个大白眼，"我今天有个联谊会，想请你帮我挡一下桃花。你什么都不用做，只要不让那些男生影响我唱歌就成！懂了吗？"

易舟一愣，忙大笑掩饰尴尬，顺便打开可乐，喝了口压惊："这样啊！你早说嘛，白吃白喝谁不乐意，走着走着！"

说完，他便推着顾琳进去。

他有些好奇地问顾琳："真有那么多男生追你？"虽然她在他认识的人当中，算数一数二的漂亮，但那些人也不至于光看脸就贴上去吧？

"怎么，上次相亲逃跑你后悔了？"顾琳笑了笑，有点无奈，"待会儿你就知道了。"

在服务员的带领下，二人走过一条昏暗的走廊，666包房在走廊尽头。

顾琳深吸一口气，推开门，乌泱泱的一群人，划拳的、唱歌的、吃吃吃的……混乱又嘈杂，在看到顾琳的那一刻，全场瞬间安静。

两秒后，一个清亮的男声响起："这不是我们的顾大美人吗？快请快请，就等你了！"

说完，几个男生一拥而上，簇拥着顾琳进去，完全把易舟当透明人。

杂志社的妹子们已经见怪不怪了，只默默喝饮料、吃东西，远离是非之地。

易舟愣在门口，着实被震惊了。

过了好一阵子，顾琳的一位女同事注意到他："你是顾琳带来的？"

易舟点头。

女同事眼睛一亮："她男朋友？"

易舟疯狂摇头，他可不想被那群男的生吞活剥。

女同事的表情瞬间转为失望："可怜的琳琳，还以为她真带了挡箭牌呢！看来今天我等不到跟她合唱了。"

易舟扫视一圈，抠抠脑袋，在沙发上坐下："不是，咱就是说，我看你们公司的妹子也不像想要联谊的样子啊？干吗还组织这样的活动？"

女同事"呵呵"一笑："我们领导天天张罗着帮我们脱单，也不知道吃错什么药了。"

易舟秒懂。

他看向顾琳那头，女人勉强应付着，已经没有好脸色了，可周围的男人好像没有一个打退堂鼓的。

怎一个"惨"字了得！

易舟转向身边的妹子，问："对面那公司的老大姓什么？"

女同事喝一口橙汁，想了想："王吧？好像是。"

易舟:"那几个男的有外号什么的吗？"

妹子点点头，一一告诉了他。

易舟沉吟一阵，一股侠义之气忽然涌入他的胸腔。他深吸一口气，猛地起身站直，整了整衣襟，大步朝人群走去。

看来，是该他出马的时候了！

果盘也不能白吃嘛！

顾琳在男人们的包围圈里已经不厌其烦，有帮她点歌的、帮她拿零食的、缠着她聊天的……闹哄哄一团，她只觉得脑仁抽痛，不断地朝易舟使眼色。

然而，顾琳的视线总是被人群阻断，也不知道易舟收到信号没有，他总不能真来吃吃喝喝的吧？好歹有点义气啊！

就在顾琳耐心耗尽，快要发火的时候，易舟突然挤进人群里，见缝插针地窜到顾琳身边，像一条灵活的锦鲤。

"让一让，让一让，"易舟露出一张大笑脸，"我还以为今天只有妹子在，怪尴尬的，原来兄弟们都在这儿扎堆呢！聊什么这么开心，不带我一个？"

空气瞬间安静，一群人莫名其妙地看着他，这人从哪儿来的？还自来熟？

一个穿卫衣的男人打量易舟几眼，皱眉："这位兄弟，你走错包厢了吧？"

易舟做作地撇了下嘴角："这话说的，你都叫我兄弟了，能是我走错吗？"

一群人满脸都是大写的"蒙"，连顾琳都看不懂了，这是什么操作？

易舟扫视了一圈，继续说："我刚在外面碰见王总，我说不进来，他非拉我进来，还说大家都是熟人，凑个热闹！"

话音未落，正点了歌想要和顾琳对唱的西装男忙上前一步："王总也来了？"

王总明明说老婆过生日，不来了啊？

易舟笑笑："他不来，可能在这边有别的局吧。"

此话一出，一群人倒吸一口凉气，面面相觑，杂志社的妹子们也听到了，瞬间安静，相互交换着八卦的眼神。

易舟："要不，我叫他过来，一起喝一杯？"

众人赶忙摆手赔笑："不用不用！"当众戳破老板的谎言，他们还能"活"到明天吗，"兄弟，来，咱们喝！"

众人围着易舟吃喝划拳，坚决不能让他去找王总。

顾琳转着眼珠看了看，顺势退出了包围圈，长发一撩，和同事妹子们顺利会师，开心合唱。

而此时正在家里陪老婆吹蜡烛的王总，忽然打了个喷嚏。

王总太太："老公，你还好吧？"

王总揉揉鼻头："没事没事，就是忽然有点发冷，可能是最近天气变化太大吧。"

KTV中，男人们的焦点已经从顾琳变成了易舟，就连他去卫生间，西装男和卫衣男都陪着他。

出包厢门的时候，易舟回头看了一眼。

顾琳正跟一个妹子合唱，她有节奏地晃动脑袋，眼睛笑眯眯的像一弯新月。在迷离的灯光里，她的快乐由心而发，和才进包厢时完全是两种状态，尤其是她笑得自信灿烂，毫无包袱。

易舟放心地笑了一声。

他今晚吃得有点多，进卫生间待了好一阵，西装男和卫衣男一边在隔间外等他，一边低声闲聊。

卫衣男低声道："今天还说和顾女神多喝几杯，没想到被这小子绊住！"

他回头朝隔间门努嘴。

西装男掏出一根烟，点燃："算了吧，她能跟你喝几杯？平时装得那么高冷，我看刚才她和她同事倒喝得挺 high（兴奋）！装模作样的，呵！"

卫衣男也跟着哼笑一声："谁让人家是大美女呢？享受的不就是这众星捧月的感觉？要是真弄到手了，还不是几天就拜拜的事，难道你还想跟她认真？"

二人越聊越起劲，什么不堪入耳的话都嘻嘻哈哈地说出来了。

易舟实在听不下去了，他裤子一提，门一踹，黑着脸出来。

二人忙换了笑脸："哥，你出来了，回去接着喝呗！"

易舟没有回答，只是冷着一张脸，自顾自地洗手。

水流声"哗哗"作响,弄得二人莫名其妙,怎么气氛一下子就冷下来了呢?

二人相视一眼,试探道:"哥,这是……有点不舒服?"

易舟对着镜子理了理刘海:"背后说人,似乎不太好吧。"说完,他就往卫生间外面走。

二人忙跟上,舒了口气,还以为什么大事呢!

"哥,你是不知道,可别被那女人的外表给迷惑了!别看她一副高冷女神的样子,其实啊,"其中一个压低声音,"咯咯"笑起来,"她离过婚的。"

话音未落,顾琳从旁边的女卫生间出来,撞了个正着。

空气仿佛凝固了,几人的表情都蓦地僵住,只愣然站着,一时不知道该怎么面对彼此。

顾琳抿了抿唇,礼貌地微微颔首,便转身朝包厢的反方向走了。

易舟:"顾琳!"

顾琳没有回话,只留下一个酒红色的背影,越走越快,越走越远,消失在昏暗的走廊尽头。

易舟想也没想,抬腿就跟上去。

西装男和卫衣男拦了一把:"哥!"

易舟一把甩开,他看向西装男,声音沉得像冰冷的深海:"还有,公共场所抽烟,也不大好。"说完,便小跑着追着顾琳出去。

KTV的光线不太好,走廊大多迂回曲折,易舟找了好久，才在大堂外的小露台看见顾琳。

女人背身坐在花圃边沿，旁边有几朵半开不开的红色月季。她蓬松的长鬈发倾泻下来，映着淡淡的月光，安静深邃，又充满神秘。

易舟在不远处站了一会儿，才走上去，默默坐在她身边，不近不远。

顾琳听到动静，缓缓转头看了他一眼，垂眸笑了笑："不好意思啊，今天太难为你了。"

"没有。"易舟也笑了笑，"我总算知道，你为什么那么讨厌那群人了。"他转头看她，灯光暗淡，看不清她的表情，"其实，你不用在意他们说的，不值得。"

"我知道。"顾琳歪着头看他，像个俏皮的孩子，"我猜，上回相亲的时候，我妈大概率隐瞒了我离过婚的事吧？你会不会觉得我是个骗子？"

"你人都没来，能骗我什么？"易舟笑起来，双手撑在花台上，望着夜空，"再说了，我也找了替身，那我们岂不是相互骗？"

顾琳"扑哧"一笑："说得也是。"她低头沉吟了一阵，又看向易舟，"我当你是个朋友，也不想藏着掖着。我离过婚的事，莀莀她们都知道，也不是什么秘密。嗯……怎么说呢，我和我前夫是和平分手，是两个人经过深思熟虑之后做的决定，没什么狗血的事情。"她自嘲一笑，"不过很多人都不相信，总觉得会有出轨摔锅的情节，尤其是……"

"尤其是你又长得这么漂亮,没点故事,说不过去。"易舟接道。

顾琳无奈地笑笑。

"我信。"易舟转头看向她,"你一看就是情绪稳定,也很有决断的人,和平分手、干干净净,才是你干得出来的事。"

顾琳一愣,大部分人听到她离婚的消息,第一反应就是"你长得这么漂亮,你老公也舍得",第二反应则是"凭你的颜值,一定能找个大总裁,碾压前夫,气死他"。虽然那些人的初衷大多是为她抱不平,或者安慰关心她,但顾琳其实想告诉他们,她真的不需要,而且这样的话术只会让她更不舒服。

可是易舟,他说的是她的性格、她的为人,完全没有把她的颜值凌驾于灵魂之上。

他懂得亲密关系的维系不是用脸,也不是金钱,他也知道,一个人的价值,无关婚姻。

顾琳侧头审视易舟,他的灵魂似乎比他的外貌成熟太多。打量了一阵,她才开口:"你真没谈过恋爱?"

易舟一愣,旋即笑笑:"真没有,这不骗你。"

顾琳点点头:"你以后的女朋友,一定会很幸福。想找什么样的,用不用姐们帮你介绍?"

"可别,顺其自然就好。"易舟摆手,笑道,"其实,恋爱和婚姻于我而言,就和文物修复是一样的。一件文物,修好了固然是好,修不好,那也不是什么了不得的事,也同样有很大的研究价值。不论哪一种状态，都是它真实的样子。"

顾琳凝视着男人，忽然觉得自己对他并不了解。虽然因为周则兮和林宸，他们见过几次，也算是熟人，但此前和今天的感觉是完全不同的。

顾琳看着他笑了笑。二人没有再说话，只是沐着皎白的月光，静静地坐着。

周则兮和林宸来到餐厅时，客人已经不多了。

这是一家红楼菜，叫"东邻"，是周则兮一个S大的生物教授朋友推荐的，听说，他在这里追到了他太太。

餐厅的装修很精致，颇具古风，他们挑了个角落的位置坐下。

上菜之后，还没吃两口，周则兮的手机忽然响了。

来自市立医院。

周则兮的心一下子提起，表情紧绷，连接电话的手都有些颤抖："喂。"

林宸刚送了一口茄鲞进嘴里，看周则兮的表情有些不对，忙放下筷子。

几十秒后，周则兮说了几声"嗯""好"，才挂断电话。

"宸宸，"他一面起身，一面拿起外套，动作利落，"我哥的情况有些不好，我得马上赶去市立医院。你自己先吃，我晚点找人来接你。"

"我跟你一起去！"话音未落，林宸已经拽着包包，追着周则兮到餐厅门口。

林宸也不知道自己为什么毫不犹豫地就跟了出去，像条件反射一样。

周则兮看她一眼，没有多的话，只点了一下头。

窗外的冷风"呼呼"而过，他油门一踩，是从未有过的速度。

林宸胡乱地理了理被风吹乱的头发，小心翼翼地侧头看他。男人的嘴角绷成一条直线，手紧紧拽着方向盘，指节绷得发白。

林宸的眉头微微皱起，一时也不知道该说些什么，只是跟随他的状态，手掌冒汗，莫名心慌。

后来她才明白，原来，为一个人担心，就是这种感觉——感同身受，却无能为力，只觉得自己比他更煎熬。

二人很快赶到了医院，下车后，所有的事情都发生太快，画面像幻灯片一样在林宸眼前晃过。

周则兮熟练地奔向住院部，找到医生办公室，整理缴费单……林宸不知道，他经历了多少次这样的情况，才有如此的熟练度。她看着周则兮，倒春寒的天气，男人的额角却冒着细密的汗珠，急促的脚步从下车那一刻起就一直没停下来过。

林宸不敢说话，生怕打扰他。她只屏着呼吸，寸步不离地跟在周则兮身后，以免他需要人手时找不到人。

二人在医院一直折腾到凌晨，主治医生才过来喊周则兮进病房。

周则兮和林宸交代了两句,便忙随医生进去。

透过门缝,林宸看到躺在病床上的周则已,猛吓了一跳。

林宸与他虽然只有一面之缘,但因为大周先生惊为天人的颜值,她的印象很深刻,以至于到现在还记得清清楚楚。印象中,周则已温文尔雅,笑容很暖,就像古代白衣翩翩的贵公子。

可是现在,他躺在病床上,面容憔悴,根本不是电视剧里演的植物人那种健康的脸。周则已的脸消瘦、没有血色,身上插满了管子。

虚弱的生命,像是那些管子操纵的提线木偶。

林宸退后两步,在病房外的连排座椅坐下。她说不清心里是什么感觉,只觉得异常沉重,她只能望着紧闭的病房门,希望能传出好消息。

时间过得很快,窗外的霓虹灯一一熄灭,马路上也渐渐听不到声音,窗玻璃上零星有几滴因夜里降温而凝成的水珠。

周则兮出来时,林宸正抱臂缩成一团,看着地板发呆,像一朵可怜兮兮的小蘑菇。

男人没有说话,只是轻轻关上病房门,朝反方向走去。

林宸再抬头时,肩上多了一条羊毛披肩,周则兮站在她身边,弯着腰,朝她递上一杯热腾腾的燕麦奶。

他的脸上多了一些疲倦,燕麦奶的热气拂过男人的脸颊,衬得他温柔无比。

林宸愣了一下,眨了眨大眼睛,呆呆地看着他,突然被温暖包裹,她有些不太适应。

周则兮在她身边坐下,只靠在椅背上,摘下眼镜,捏了捏鼻梁:"放心,我哥没事了。"

他冲她笑了一下,一时竟忍不住,伸手揉了揉林宸的脑袋:"别那么乖,冷了也不知道说。"

自从进了医院,小姑娘就一直一言不发,默默地跟在他身后,跟着他着急、紧张,生怕自己的一言一行会影响到他,和她平时大大咧咧的样子相比简直是天壤之别。

"我没事。"林宸狡辩。

周则兮没有反驳,只是侧头凝视着她。男人的碎发搭在眉骨上,眼神没有了镜片的阻隔,那一丝心疼昭然若揭:"累不累?困不困?"

林宸啜了一口燕麦奶,摇摇头:"你呢?"

女孩子抬起天真的眸子回视,似乎还没有弄懂男人那个眼神的意思。

"宸宸很关心我?"周则兮微微倾身,嘴角带着若有似无的笑意。

林宸一愣,燕麦奶的热气渐渐升上来,在二人之间氤氲,熏得人脸颊发红。

"倒也……还好。"林宸眼神闪躲,又灌了一口燕麦奶,"那,没什么事儿,我就……就打车回家了。"说完就要站起身。

周则兮一把拽住她,这小姑娘的第一反应怎么总是

"溜之大吉"呢？

他有点无奈："这大半夜的，你打什么车？"周则兮看一眼时间，"崔医生还有十分钟下班，一会儿请他帮忙送你。"

林宸："那你呢？"

周则兮："虽然我哥度过了危险期，但我再守一晚会更稳妥些。"

林宸乖巧地点点头。

"还是说，"周则兮看着她，"宸宸更喜欢我……送你？"他故意加长停顿。

林宸心一紧，这家伙怎么稍稍放松，"豹子精"的本性就暴露了呢？

可是，自己为什么感觉还挺……享受的？

林宸喝口燕麦奶压压惊，旋即抬头，冲他偏头一笑："你猜啊。"说完还冲他扬了一下眉。

这次换周则兮愣住了。他多久没看到林宸这副小流氓的模样了？还挺怀念的。

他垂眸一笑，替她紧了紧披肩："不用猜，心里清楚就好。"

崔医生从病房里出来，刚好看到了这一幕：周则兮紧着披肩，神情温柔地看着女孩子，而女孩子捧着热奶，微红着脸，乖巧又可爱。

在充斥着"生老病死"四个字的冰冷的医院里，有种别样的动人又珍贵的温暖。

他抿嘴笑了一下:"则兮,这就是你家小朋友?"

周则兮闻声看去,微微颔首。

林宸皱眉,"小朋友"是什么?她早就是个成年人了!

崔医生又看了林宸一眼,拍拍周则兮的肩:"你哥会开心的。"

接着,周则兮又和崔医生说了一会儿请他送林宸的事,三人就此作别。

一路上,林宸裹着披肩,坐在崔医生车子的后排,她从后视镜里瞧过去,总觉得崔医生看她的眼神有点微妙。

一时有些莫名的尴尬,林宸转转眼珠,试图找点话说:"崔医生,大周叔叔的车祸究竟是怎么回事啊?"

崔医生惊了一下:"则兮没跟你说过?"

林宸摇摇头。

周则兮从没提过,她自然也不会去揭人伤疤。

只是,公司上下以乔乔为首的八卦小分队,把那次车祸传得神乎其神,各种版本都有,林宸不由得好奇。

"是场令人遗憾的意外。"崔医生叹了口气,车子正好停在林宸家小区门口,他回头,"我想,等则兮真正走出来的时候,会告诉你的。当初他也是费了好大的劲,才接受他哥受伤的事实。毕竟,那是他唯一的亲人了。"

林宸低眉垂目,嘴角也跟着撇下来。

崔医生说得没错,周则兮父母早亡,他几乎是哥哥带大的。可是现在,他唯一的哥哥却躺在病床上,说不出、动不得,还随时面临着生命危险。

周则兮也只是一个二十多岁的年轻人,怎么能承受亲人接二连三地离开?

林宸的父母虽然从小不太管她,可她知道,他们在追求自己的理想,他们意气风发、一切安好,给自己的爱也从来没少过。

她无法想象,周则兮是怎样面对那沉重的过去、焦灼的现在,以及……无法预知的未来。

崔医生看着她的样子,笑了笑:"不过你不用太焦虑,小朋友。你家小周叔叔,可是很坚强的。这一年来,不论是医院的事,还是他家里的生意,他都打理得井井有条。要知道,绝大部分重症病人的家属,精神早就被击垮了,顾好一头都难。"

林宸认真听着,似乎想从崔医生的话里找些安慰,可听完,却更难过了。

从公司到医院,大家都在夸赞周则兮的强大。可林宸只想知道,周则兮累不累……

崔医生:"好了,快回去好好休息,别让你小周叔叔再多一份担心了。"

林宸抬起眸子,恍然大悟似的猛点了下头,和崔医生道谢后,便"噔噔噔"跑回家了。她现在能做的,似乎也就是好好吃饭,好好睡觉,不让他担心。

可一想到周则兮的样子,她又心疼得不行。

以前,她看他像天上的神仙哥哥,不食人间烟火,遥不可及;可现在,他更像一个人了,会焦虑、脆弱,也会让人牵挂……林宸躺在床上,透过窗纱,看着窗外朦胧的月光,情思辗转。

如果可以,就让月光替自己抱抱他吧。

同一片月光,洒向了市立医院的病房,洒在周则兮的肩上。

他看了一眼,笑了笑,继续替哥哥按摩手臂:"今天宸宸也来了,不过我没让她进来。知道你是在乎形象的人,等你醒了,收拾一番,我再带她来见你。"

病床上的男人,面容与周则兮有几分相似,却更加温润如玉。他安静地躺着,不会回答。可周则兮依旧每天都会来和他说说话,实在来不了的时候,也会让崔医生帮忙放语音。但他从未有过反应,也不知道他到底听到了没有。

周则兮看着脸色苍白的哥哥,思绪飘得很远。

他至今也想不通,哥哥为什么会在高速路上翻车?哥哥明明是个很谨慎的人,拿到驾照这么多年以来,一分都没扣过,怎么会出车祸呢?况且,根据当时的高速监控和行车记录仪,那段路上只有哥哥一辆车,事故后车子的检验没有任何问题,怎么会翻车了呢?

周则兮总觉得事有蹊跷,可是每一项证据都在告诉他,这就是个单纯的意外,让人不得不接受。

一年以来,所有人都在劝他放下一切,别胡思乱想。

可他们不知道,周则已在出车祸前曾给他打过一个电话。只是当时周则夕正在赶一篇论文,把手机调成了静音,这是他的习惯。等他看到未接来电时,已经是两个小时后。接着,他便接到了交警和医院的电话。

他不知道二者之间是否有联系。可那通电话,就像一根刺,深深扎在了周则夕的心里,时时刺痛,挥之不去。

哥哥当时为什么会打那个电话?如果自己接到了那个电话,一切会不会不同?

周则夕不敢想下去。

窗外的天已经蒙蒙亮,初升的太阳洒下曦光,照在周则夕的脸上,他显得更加苍白、虚弱。

周则夕叹了口气,替哥哥洗好脸、擦了身子。阳光已经完全照进来,他起身走到窗台边,深吸了一口新鲜空气。

接下来的几天,周则夕的时间几乎全耗在了医院。

林宸也没有再去打扰他,只是告诉他自己最近不加班了,让他安心待在医院就好。

不过,二人虽然没有见面,但手机联系却更频繁了,常常恨不得一日三餐都拍下来告诉对方。

有天和顾琳吃午餐时,林宸一边拍,一边嘴上还挂着甜甜的笑。

顾琳瞟了一眼她的手机,笑道:"一脸的春心荡漾,我当是谁呢!"

林宸一愣,忙把手机反扣在桌上。

顾琳挑眉看她:"所以,你那天把他拿下了?总算没白放我鸽子!"

"还早着呢！"林宸抿嘴笑，把那天去医院的经历告诉了顾琳。

顾琳一口芝士焗饭差点没喷出来："所以……你们的第一次约会，居然是在医院度过的？你这运气真是绝了！"

林宸捧着脸："不过，他不知道从哪里给我找来了披肩，还有热奶，还摘了眼镜对我笑……你是不知道，他那双眼睛像有魔力似的，看着我的时候，我的心脏都快跳出来了！而且，我觉得经此一事，我对他的了解更深入了。"

顾琳听她说着毫无新意的谈恋爱情节，翻了个白眼："手都没拉过，吻也没接过，能有多深入？"

林宸一噎："大姐，本人也走心的好不好？别总说得我跟女流氓似的！"

顾琳"呵呵"一笑。

"对了，"林宸道，"你今天要是没什么事，我请你去唱歌呗。上回害你没唱成，本姑娘的良心还是有那么一点儿煎熬的。"

她三根手指缩成一团，比出芝麻大小。

本以为顾琳会一口答应，毕竟能狠狠宰林宸一顿的机会也不多，她不得寸进尺地吃大餐、唱豪包，就已经是手下留情了。

没想到，顾琳却一脸为难："那个，我晚上要加班。而且，其实……我那天去了。"她越说声音越小，头都快埋到桌下了,"唱得……还挺开心的。"

林宸捧着杯树莓气泡水,看她状态不大正常,咬着吸管凑近,盯着顾琳:"有情况啊……你们隔壁公司那群男的,不会真有特别的吧?新入职的小鲜肉?"

顾琳:"也不是啦。就是、就是……"

话音未落,顾琳的手机屏幕上弹出主编发来修改过的采访提纲的消息,附了一句:选题不错,今晚好好采访,年底社里帮你申请奖项。

林宸对奖项不感兴趣,倒是采访提纲的文件名吸引了她——"to 易舟"。

她猛地放下饮料杯,双手抱臂,看着顾琳。

顾琳被她看得头皮发麻,只得举起双手:"好了好了,我招,我全招。"

她把那天在KTV里发生的事情都告诉了林宸。

"那天之后,我和易舟的联系就多起来了。想到他又是做文物修复的,我今年转做'匠心'版块,刚好对我的选题,所以……今晚就约了一下饭呗。"

林宸听得津津有味,不住咂嘴:"我的天!这得是什么样的缘分啊,当初的相亲你俩都不去,现在这是逃也逃不掉啊!"

"多半是孽缘!"顾琳撇撇嘴,"今晚这事我真是为了工作。你又不是不知道我的情况,人家易舟连恋爱都没谈过,你觉得我俩能有戏?"

林宸扶额:"大姐,你是离婚,又不是被休了,自

111

由恋爱有什么不可以的？"

"我的小朋友，没那么简单。"顾琳耸肩笑笑。

顾琳和林宸虽然是好姐妹，可林宸到底比她小几岁，感情经历就是一张白纸。

顾琳从前也觉得这没什么大不了，爱就在一起，不爱就分开，那段短暂的婚姻于她漫长的一生而言，根本不足挂齿。

可这几年，顾琳越发觉得不是这样。

爱是需要付出的，即使如她一样没有孩子、和平分手、财务清晰，那也是需要耗费巨大的精力的。人在情感的旋涡里，其实很渺小，也很无力。

所以，她不敢再贸然走入一段感情。

以前她懵懂无知，可以不计后果，但是现在，她不想再冒那样的风险。如果注定要分开，那为什么还要在一起，徒然消耗呢？而易舟，显然不是一个好人选。首先，他的家人听上去很传统，那一关，他们就不一定过得了。

而林宸，这样单纯的、对爱情充满憧憬和幻想的小姑娘，她不会明白这一点。

果然，林宸听完，托腮看着她："我不太懂。"

顾琳笑起来："不懂是好事。"

林宸："嗯？"

顾琳搅着气泡水："我是说，能在对的时间遇上对的人，是一件很幸运的事。所以，你不要辜负自己的幸运。"

林宸咬着吸管，似懂非懂地点了点头。

"不说这个了！"顾琳振了振精神，"你生日快到了，今年想怎么过？"

前几年林宸生日，顾琳不是在出差，就是在加班，她都是和小舅舅一起过的。小舅舅每年都会亲自给她做一个蛋糕，又精致又漂亮，还比外面蛋糕店的好吃太多！

不过今年，她的世界里多了一个人，她的生日，是不是也该有些变化了？

想到这里，林宸的嘴角勾起，眉眼弯弯，不由自主地露出甜甜的笑。

顾琳看她一副没出息的样子，摇摇头："行了，今年我还是加班吧！当电灯泡，我是拒绝的。不过，你的生日愿望……"顾琳眯起双眼，一脸坏笑，"是拿下周则兮吧！"

林宸的小脸"唰"地红了，表情紧张，牙齿不由自主地咬着吸管。

其实，被扑倒也不错呀！

/第四章
I'm fine, help me /

C市的春天很短,一眨眼林莀已经换上了半袖连衣裙,长长的鬈发在头顶盘成丸子,露出细长的脖颈。阳光透过办公室的百叶窗洒在她身上,碎发被染上一层淡淡的金色,整个人看上去清爽柔和了不少。

路过编剧部的乔乔看见,忍不住说一句:"林莀看上去不一样了。"

林莀冲她笑笑。

她想,或许是最近和周则兮待得多了,自己或多或少染上了他的气质,温和从容,处变不惊。可周则兮说,他才是被感染更多的那一个,话多了,也更爱笑了。

这就是古人所谓的"你中有我,我中有你"吗?

林莀低头抿嘴一笑，一时想到自己没几天就要过生日了，又开始纠结，到底要怎样邀请周则兮才能显得自然不刻意呢？

还有一个问题，就是小舅舅陈迦与！

往年她生日，小舅舅就算再忙也从不缺席。今年当然不例外，前几天小舅舅打电话来，说最近要去外地的大学做巡回讲座，但一定会在她生日之前赶回来，还一副期待着林莀感动得不要不要的样子。

林莀皱起眉头，怎么样才能摆脱小舅舅，好好享受二人世界呢？

谁也不知道，周则兮这头，也在为林莀的生日而蠢蠢欲动。这些日子以来，林莀不再像以前一样，见着他就跑，反而对于他的靠近，她欣然接受，有时还会积极回应。

周则兮想，或许她的生日就是那个最完美的契机。

时间正好，他们之间的关系进展得不快不慢，循序渐进，那一层薄薄的窗户纸，也是时候捅破了。

至于陈迦与……要把他困在外地，似乎也不是什么难事。周则兮的嘴角勾起笑，开始为他的表白计划添砖加瓦。

远在D市的陈迦与，忽然接到了最后一场讲座临时延迟的通知。

因为校方居然请到了久不出山的茶道泰斗做开场演讲，连陈迦与见了他，也要叫一声师公的程度。这位泰斗之前没答应过任何类似的邀请，没想到，今天他忽然就同意了，惊喜之余，也让人有些摸不着头脑。

殊不知，此人正是周则兮的表爷爷。

陈迦与急得焦头烂额，忙给周则兮打电话："则兮啊，今天怕是要麻烦你了。今天莀莀生日，我怕是不能早些赶回来了。我给她做了蛋糕，放在冰箱里了，麻烦你取了给她，告诉她我一定会在晚上十二点之前赶回来。"

周则兮不紧不慢地应声："好的，迦与哥，没问题。你在隔壁省D市是吧？晚上好像没高铁了吧？"

陈迦与皱眉："没办法，只能换飞机了。"

D市和C市相隔不远，平时坐高铁要一个多小时。而D市的机场离市中心特别远，总体耗时比高铁长多了，所以一般也就没人去坐这趟飞机。

周则兮眉峰一紧，没算到陈迦与还有这一出！

他想了想，遂道："迦与哥，易舟正好在D市出差，他是自驾去的，要不我让他去接你？也就三四个小时，毕竟飞机也怕晚点。"

电话对面的陈迦与眼睛一亮："真的吗？那太谢谢了！则兮啊，那今晚你先帮我陪着莀莀，我怕她太想我，一个人等得难受。唉，一想起这孩子过生日要等大半个晚上，我就心疼得不行！"

陈迦与似乎又想起了什么，忙道："对了，最近莀莀身边没有兔崽子缠着她吧？可别趁我不在，有人钻空子，在莀莀生日的时候献殷勤！"

周则兮心一紧，回头扫视了一圈自己布置的表白场景。

如林宸写的剧本推理游戏里描述的场景,房间古色古香,有各色文物装点,一个博古架的中间放着一个紫檀雕花首饰盒,里面盛着一支花丝镶嵌金凤簪,是周则兮家传的首饰,他准备在今夜为林宸戴上。

周则兮笑了笑,深吸一口气,态度乖巧:"没有,迦与哥放心,我看着宸宸呢!"

他是自家"小周叔叔"嘛,怎么能算是"兔崽子"呢?没毛病!

听到周则兮的承诺,陈迦与这才欣慰地挂断电话,满意地点了点头。

挂了电话,周则兮一秒也不耽搁,忙给易舟打了个视频。

易舟这会儿还在睡梦中,顶着鸡窝头,在枕头底下摸索手机,迷迷糊糊地接起:"说……"

周则兮:"昨天本来想请你吃饭,但你在加班。今天有空吗?"

"嗯?"易舟迷离的眼睛一亮,"有!"

"很好。"周则兮勾唇一笑,"帮我去D市接个人,车子的电别充太满,最好在回来的途中就没电。对了,我记得,你车子的快充功能坏了一直没修对吧?"

"是啊。"易舟被他的一通操作弄得有点蒙。

他抹了一把脸,又拍了拍脑门,试图让自己更清醒一些。想了好一阵,他才反应过来,刚才周则兮不是说要请客吗?怎么……好像又被这家伙给坑了啊!

易舟咬着牙，从床上一跃而起，才问："你又在搞什么鬼？"

周则兮面含微笑："终身大事。"

易舟无语。罢了，谁让自己当初求他帮忙相亲时，说了为他当牛做马的话呢？早知道顾琳性格那么好，才不求他帮忙相亲呢！

易舟稍微梳洗一下，啃了两口快放过期的面包，便驱车往D市去。

还在公司码字的林宸，丝毫不知道自己的生日已经牵扯进来这么多人。

林宸纠结了好几天，要怎样邀请周则兮，眼看就要天黑，她望着落地窗外的街景，双手紧紧拽着手机。她不是一个有拖延症的人，就算实在不想写剧本的时候，也能硬着头皮写完。这一回不知怎的，拖到现在。今天已经是最后的机会了，邀请的信息还是没发出去。

林宸的手紧了紧。

忽然，手机响动，她吓了一跳，低头一看，竟然是周则兮的消息：生日快乐！

他配上了一个不知从哪里搜罗来的生日蛋糕的表情包，很符合林宸的风格，可是从他的手机里发出来，显得有些滑稽。

林宸有一瞬惊喜，"扑哧"笑了一声，正要回复，周则兮的电话就打来了。

她看了一眼无人的茶水间，"噔噔噔"溜过去，躲在角落里,才低声接起电话:"小周叔叔,你居然知道我的生日啊!"

周则兮垂眸笑了笑,有心之人,又怎么会不知道呢?

他看了眼车子后座的蛋糕:"我刚去了迦与哥家取蛋糕,他今天怕是赶不回来了。所以,"他顿了顿,语调放柔和了些,"我陪你,好不好?"

男人的声音磁性低沉,比往日多添了一丝温柔,旁人或许听不出来,可于林莀,却是直涌上心尖的甜蜜。那一分温柔足以让她沉沦,再多一点,她或许就泥足深陷,不能自拔了。

林莀深吸了一口气,强压下加速的心跳:"我本来,也是这样想的。"

周则兮蓦地愣住。

他完全没想到,林莀会这样赤裸裸地回应,毫不遮掩,毫不避忌,带着强烈的热忱,连那一点点害羞也只是隐藏在语气里,恰到好处,丝毫不扭捏。

她的直来直去,便是对他最好的鼓励。

今夜,会有一场最坦诚的表白,也是一个最真挚的开始。

周则兮推了推眼镜,嘴角挂着抑制不住的微笑:"那,我等你下班。"

林莀握着手机朝楼下看去,周则兮的车停在路边,低调不起眼的灰色,她低头一笑:"好,我早点下来。"

挂断电话后,周则兮的声音似乎还响在耳边。林莀把手机压在心口，低头回味着，也期待着，嘴角不知不觉地挂上了笑。

"林宸？"不知道过了多久，茶水间响起财务部同事的声音，她拿着一个红包在林宸眼前晃了晃，"想什么呢，灵魂出窍啦？"

林宸猛地回神，一下子收敛了表情，只是脸颊还余着潮红："我、我……想剧情呢！"

财务妹子半信半疑地打量她："友情提醒，有些剧情可过不了啊，你悠着点！"她把红包递给林宸，"公司发的生日红包，生日快乐呀，姐妹！"

"谢谢亲爱的！"林宸接过，咧嘴一笑，给了财务妹子一个大熊抱，才蹦蹦跳跳地走开。

财务妹子一脸莫名其妙，皱眉看着林宸神经质的背影，挠挠头："咱就是说，才五百块，至于吗？"

乔乔端着水杯进来泡咖啡，刚好看到这一幕。

她朝落地窗外看去，一辆熟悉的灰色轿车停在路边。

她笑了笑："怎么不至于？对于林宸来说，可不止五百！"

说完，她看看财务妹子，又看看已经回到工位的林宸，一脸了然的笑，而后端着咖啡慢悠悠地走开了。

财务妹子的眉头皱得更深。

林宸家不是挺有钱的吗？还是说她家破产了，不好意思开口？要不要帮她申请公司的职工救助金呢？

作为一个小财务，她果然承受了太多……

林宸哪里知道财务妹子的内心戏，她只沉浸在自己的甜蜜里，处理完工作，便数着时间打下班卡，飞奔下楼，一秒都不耽误！

见林宸出来，周则兮顺势打开车门。

女孩子一身雪白的棉质连衣裙，小跑而来。初夏的风吹起波浪的裙摆，她像只轻盈可爱的白蝴蝶。一眨眼的工夫，就飞到了他的面前。

她甜甜一笑，眉眼弯弯，仿佛是世间最灵气的存在。

周则兮没有下车接她，只是在她坐稳后，帮她扣上了安全带。毕竟还没有确定关系，又是下班高峰，正如她所说，要是被她的同事看到，指不定会八卦出多少个版本呢！对她影响不好。

车子行驶在晚高峰的路上，走走停停。

林宸拽着安全带，侧头偷偷瞧了周则兮一眼，他今天似乎刻意打扮过，一件白色的汉元素交领衫，和她的裙子还蛮配呢！

林宸垂眸偷笑一下，嘴角再没下来过。

周则兮似乎察觉到了女孩子的神情，他转头看一眼，笑道："笑什么呢？"

"没有啊，就是很开心。"林宸毫不掩饰她的快乐，"和小周叔叔一起过生日，我很开心。"

周则兮握方向盘的手紧了一下，心跳也跟着快了一分，对于她的直言不讳，他丝毫没有抵抗力。

他含笑："或许，今夜之后，你可以对我换一个称呼。"

林莀抬头："嗯？"

"因为莀莀长大了。"周则兮揉了揉她的小脑袋，笑意更深。

经过了最堵的路段，周则兮轻踩油门驶向目的地。林莀没问他要去哪里，也没问为什么小舅舅临时回不来。这些都不重要了。他们默默酝酿，心照不宣，都憧憬着今夜，留下只属于两个人的最美好的回忆。

到周家老宅时，太阳已经快落山了。

这是林莀第一次来这里。

放眼望去，老宅不像旅游景点里的古代王府般富丽堂皇，质朴的木质结构，十分精致，连房梁上的雕花都异常精美，必定是精心修复过的。

最后几缕夕阳洒在老宅的青瓦片上，反射出古朴柔和的光，更显出它的厚重。

她看向周则兮："这是你的另一座博物馆吗？"

周则兮推了推金丝眼镜，领着她跨门而入："我家。"

林莀一呆，咱就是说，知道你是收藏家，没想到你的房子也是古董啊！

林莀沉浸在震惊里，左看看右瞧瞧，连脚步也放轻了些，生怕一个不小心，踢坏了什么古砖、古门。

周则兮看着她的样子，只觉得可爱万分。

他笑了笑："不至于这样小心。我和我哥从小就在这里撒泼打滚,古物比我们想象的坚固。况且,在这些东西上留下你的痕迹,也是一件意义重大的事。"

林宸一愣,抬眼看着他。

意义重大……她将会在他的生命里,意义重大吗?

林宸一时有些恍神。

他们来到主屋后的小花园,园子里花木繁盛,有回廊蜿蜒其间,小瀑布从假山上倾泻而下,水花四溅,带着阵阵花香,沁入旁边养了几尾锦鲤的池塘。

周则兮早已经把餐桌摆在了这里,其上几个精致小菜,看上去有些眼熟。

"上回在东邻,还没吃就遇到了我哥的事。"他为她拉开餐椅,笑道,"今天请了他家的大厨过来,咱们补上。"

东邻本来就很难订到位置,更不要说请大厨上门做菜。也就是周则兮恰巧遇到大厨休假,最近又刚好收了个对方一直在找的粉彩瓷盘,作为谢礼,这才搞定。

林宸自然不知道这些。

她看着满桌的菜肴,精致的餐具,只是单纯地为这些好看又好吃的美食激动,一口接一口,大快朵颐。周则兮如往常一样慢条斯理地吃,可渐渐地,也不知道是不是被林宸影响,他越吃越放纵,越吃越开心。

从前他忙于学术研究,吃饭常常就在外面对付两口。哥哥总劝他回家吃饭,说两个人吃饭会更香一些。那时,周则兮只觉得哥哥太矫情,一样的饭而已,能果腹就好了。可是此时此刻,看着林宸笑弯了的双眼,他发现,吃饭真的是一件快乐而幸福的事。

一件他愿意浪费时间,和她虚度光阴的事……

林宸吃得饱饱的,她摸了摸圆滚滚的肚子,再抬头时,刚好撞上周则夕的眼神。男人眉眼温和,又带着些不可名状的柔情,看得林宸脸颊发红。

她潜意识里不是不知道他今晚要干什么。

现在吃完饭,是不是就该进入正题了?

林宸一时有些紧张,抿了抿嘴唇,遮掩似的,又咬了一口豆腐皮包子。

几颗点心下肚,林宸越吃越慢,实在是撑不下了。她抬眼看周则夕,他竟然还在用那种眼神看着自己,好像在欣赏她的吃相一样。

林宸更紧张了,他那么撩人,好怕自己把持不住啊!

她狠狠咽下最后一口水晶虾饺,才放下筷子默默坐着,双手藏在桌子底下不停地相互揉搓。

天色渐渐暗下来,小花园里即使点着灯笼,也越来越黑,显然不适合再继续待下去。

周则夕看着林宸这小尻包的样子,强忍住笑意,朝她伸出手掌:"要不,进屋里?我带你参观参观,顺便消消食?"

话音未落,林宸不争气地打了个饱嗝。

呃……说好的浪漫氛围呢?

林宸偷偷抬眼看周则夕,男人好像并不在意,只是偏了偏头,示意她把手放上来:"我扶着你点,怕你太撑走不动。"

她最近看多了温柔的周则兮,差点忘记他还有嘴贱这个属性了。

不过,他这样一说,林莀确实觉得没之前尴尬了,也给了她一个名正言顺拉他手的理由。

她放肆地将目光落向男人的手。

他的手在朦胧灯影的映衬下,更显得骨骼分明,清瘦却有力,就像侠客的手,轻轻一揽,就能挽住女主角的腰,飞天遁地。

林莀喉头咽了咽,心里暗想,也不知道摸上去是什么触感?

她的好奇心渐渐盖过羞耻心,趁周则兮不注意,她一把握了上去。

女孩子的五指穿过男人的指缝,掌心相合,十指紧扣,掰都掰不开。

周则兮愣了一下,完全没想到林莀会这样握上来。前一秒还为了拖延时间,紧张得狂塞点心的她,却在下一秒给了他一个大大的"意想不到"。

周则兮的嘴角不可察觉地微勾了一下,也紧紧握住她的手,那久违的、肉乎乎、软绵绵的,他不想放开的手。

林莀感受到男人手掌的力气,这才反应过来自己做了什么!

她紧张地抿紧嘴角,感受到周则兮掌心的温热,脸颊止不住地发烫。

二人就这样牵着走过老宅的一砖一瓦，一草一木。林莀无心参观，周则兮也无心讲解，仿佛世界静默，所闻之声，只有二人的呼吸和心跳。

　　他们最后停在老宅的书斋。

　　书斋门上的匾额题着"得闲"二字，是周则已车祸前所题。

　　这座书斋里存放的都是周家最珍视的藏书，平时挂了锁，生人勿进。

　　而今天，周则兮把它布置成了林莀写的剧本推理游戏里的样子。在她的剧本里，有两个NPC，就是在这样的场景里定情。

　　如果说，林莀之前还有些小小的不确定和自我怀疑，到了此刻，她已经完全明白了周则兮的意思。她心跳飞快，眼角和眉梢都染上了绯红，但心里又有隐隐的疑虑，她不知道周则兮为什么会喜欢自己，就像她不知道，自己为什么会为他牵肠挂肚。

　　因为脸吗？她觉得不是。

　　完美的皮囊很多，但周则兮于她，是独一无二的。

　　林莀想不明白，但她知道，她想和周则兮在一起，非常想。

　　他带她来到一方书架前，有一个位置只放着一只半开的紫檀雕花首饰盒，里面盛着一支精致的凤钗。

　　林莀不懂它的工艺，也不知其价值几何。但她猜测，这样的东西，这样的纹样，对于生在收藏世家的周则兮来说，应该是具有特殊意义的。

"这是我家家传的。"周则兮取下凤钗，"自我曾祖父起，就一直是我家的藏品，中途丢失过一段时间，还好找回来了。自此，代代相传。"

家传意味着什么，不言而喻，林宸背靠着书架，看着眼前一本正经的男人。

因为紧张，她的手指不住地拨弄着身后的书页。

周则兮深深凝视着她，渐渐靠近，手指穿过她披散的发丝，要用发簪为她绾起发髻。

女孩子的鼻息就快贴上他的脖颈，她屏住呼吸，双手在身后牢牢拽着书架，有些微抖。

忽然，"啪"的一声！

一本古籍落在地上，一枚书签也顺势滑出。

二人吓了一跳，齐齐看去，书签上写着一句英文花字：I'm fine（我很好）.

周则兮一下子愣住了，呆呆地望着地上的书签，一动不动。

林宸也蒙了。

上一秒还在温柔地为她盘发，要送她家传凤钗，与她一生一世的周则兮，怎么忽然像变了一个人？他……后悔了吗？

可这跟地上的书签，有什么关系呢？不会是什么前女友的吧？

林宸缓缓转过头，看着他："周……周则兮？"

他没有理会。

林宸："小……小周……叔叔？"

周则兮依旧没有说话，只是默默把凤钗放回紫檀盒子，蹲下身拾起那枚书签。

他紧蹙着眉头，一言不发。

林宸吓坏了，她从没见过这样的周则兮。他好像陷在一个漩涡里，越来越深，越来越远，她唤不应，也抓不住。

林宸有些不知所措，呆愣愣地立在他身旁，什么也不敢说，什么也不敢问。

也不知过了多久，周则兮站起来，将手中紧握的书签揣进裤兜。他脚步闪了一下，大概是蹲得太久，双腿发麻，有些眩晕。

林宸下意识想要去扶，可手刚伸出去，又停住了。她不知道该不该扶？或者，以什么样的身份去扶？她指尖缩了缩，双手停在半空，过了好一会儿，又默默放下。

周则兮看向她，平时恣意洒脱的女孩子，现在看上去有些怯生生的，似乎被吓得不轻。

他缓了缓，手在裤兜里摩挲着书签，才开口："抱歉，我现在……有些混乱。"

男人的声音很低沉，不似之前的撩人，而是……落寞。

林宸也不知道自己为什么会忽然想起这个词，只觉得周则兮像是受了很大的打击，整个人的精气神一下子全散了，似乎还是一蹶不振的那种。

她紧抿着唇，一时不知道要怎么接话。

周则兮:"我先送你回去,好不好?"

林宸的嘴角绷得更紧,她实在是担心他,他的状态很不对劲。

周则兮见她以沉默表示拒绝,叹了口气,道:"你放心,我没事,也不会让自己出事。只是有些事情,我需要尽快弄明白,但那与你无关,你不要怕,也不要担心。我只是……"

他推了推眼镜,试图把所有的情绪都隐藏在镜片之后,可后面的话,他说不出口。他只是怎样呢?书签上的字刺破了周则兮的心理防线,现在的他连自己都面对不了,又如何去面对林宸?如何去安抚她?

"抱歉。"周则兮用尽力气,还是说,"我送你回去吧。"

林宸深深凝视着他,良久,她点了一下头。

天已经完全黑了,深沉又寂静。两人一路上都没有说话,车里的氛围,就像窗外的夜色一样沉闷。

这是林宸第一次感到,和周则兮待在一起,是一种煎熬。

好不容易熬到她家小区门口,二人下车,周则兮正要送林宸进去时,不远处的路灯照出陈迦与拖着行李箱飞奔而来的身影。

他粗喘着气,在二人面前停下,看了一眼手机,刚好十二点。

陈迦与松了口气,笑道:"宸宸,生日快乐!"

回想几个小时之前,他和易舟被困在充电站,焦急地等着易舟的小破车龟速地充电，硬生生地拖慢了好几个小时。好在他机智，加了好几倍的钱，直接打了个跨省出租车回来，还来得及跟宸宸说一句生日快乐。

陈迦与看一眼周则兮，道了声谢。他又转头看向小外甥女，她今天好像兴致不高的样子，敷衍地说了声"谢谢小舅舅"，目光就一直停在周则兮身上。

"那，我回去了。"她道，手里还提着陈迦与做的蛋糕。

周则兮微微颔首："生日快乐。"

可他知道，因为他，她这个生日过得并不快乐。

林宸不会掩饰情绪，"嗯"了一声，便转身走进小区。

陈迦与一脸莫名其妙，看看周则兮，又看了看越走越远的林宸，问："宸宸，这是……怎么了？"

周则兮也望着她的背影，轻声说："抱歉，迦与哥，是我没照顾好她。"

"我先走了。"男人没再说别的，转身上车，油门一踩，很快就不见了。

陈迦与皱眉，他用脚指头想都知道二人之间闹了不愉快，可是他又猜不出原因。

一时，有些莫名的火气上来，他忙追着林宸上楼。进屋时，只见林宸坐在客厅的长毛绒地毯上发呆。四周昏暗，她面前的小茶几上放着生日蛋糕，连盒子都没有打开。

陈迦与摇了摇头，开了灯，在她身边坐下："你俩……这是怎么了？"

似乎因为灯光的刺激，林宸的眼睛眯了眯，才稍微有点动静。

"想聊聊吗？"陈迦与看着小外甥女。

林宸看他一眼，犹豫了好一阵子，才把在周则兮家发生的事告诉他。不过，牵手、凤钗之类的就被她自动隐瞒了。

她现在只觉得那一切好不真实，像一个梦。

陈迦与听完，表情逐渐凝重，他没想到，那件事瞒了这么多年，竟然还是被周则兮知道了。

而且，还是通过自家小外甥女。

当年周则已千叮咛万嘱咐，让陈迦与帮忙瞒着所有人。可偏偏是他，让周则兮和林宸越走越近，导致了现在的局面。

陈迦与摸了摸林宸的头："这事情真跟你没有关系，破坏了你的生日，小舅舅很抱歉。不过，则兮也有他的苦衷，你不要怪他。"

林宸抬头看着小舅舅，一双大眼睛里充满了焦急与担心："他怎么了？"

陈迦与愣了一下，宸宸对周则兮的关心，似乎有些过头了，那不是对一个没有血缘关系的长辈该有的。

他皱了皱眉："不是他，是他哥哥。"

林宸："大周叔叔？"

陈迦与颔首："那枚书签，是则已的。你看到过，上面用花体英文写着'I'm fine'，对不对？"

林宸点点头。

陈迦与继续说:"我也看过那枚书签。"

"如果倒过来看,上面写的是'help me'(帮助我)。则今在你对面,看到的应该就是这个。"

林莀想了想:"我没明白。这是什么意思呢?是大周叔叔在求救吗?万一人家没有看出来怎么办?这么隐晦的求救,不是很矛盾吗?"

"一体两面罢了。"陈迦与叹了口气,"他患有微笑抑郁症,很多年了。'I'm fine'是表象,'help me'才是内核。我想,这枚书签就是他藏于心底的自救的呐喊。"

林莀诧异地看着陈迦与。

"这类病人,表面看上去乐观积极,甚至不停地给周围人带来希望和正能量。实际上,他们的心理状况就像是被坚硬外壳包裹着的稻草,内里不堪一击。则已把最脆弱、最灰暗的部分留给了自己,健康的灵魂被一点点地消耗,一点点吞噬,只需要一丁点火星子,就能燃烧殆尽,全线崩溃。"

当初,陈迦与去给一位当心理医生的朋友送新茶叶,无意间撞上正从隔壁诊室出来的周则已,这才知道了他的病。周则已当时很慌,拜托陈迦与千万不要告诉其他人,尤其是他的弟弟。弟弟已经承受了父母双亡的痛苦,他不能再给弟弟增加任何压力。

陈迦与只能无奈地答应。

却不想,没过多久,周则已出了车祸。他的生命安全都出了问题,抑郁症的事情自然不了了之。周则兮当时的状态也不太好,陈迦与只能继续严守这个秘密。

林莀仔细听着,除了震惊,她想不出别的词来形容自己现在的状态。

微笑抑郁症……她平生第一次听说这种病。

她想起她曾见过的那个翩翩公子般的"大周叔叔"。所以,他表面上说着"我很好",其实内心狂喊着"救救我"。但除了他自己,没人能听到。

这该多么绝望啊!

而周则兮,作为他最亲的、相依为命的弟弟,对这一切却一无所知。林莀不敢去想,今夜的周则兮是怎样的心情。

陈迦与看着她。

林莀深蹙着眉头,显然是陷在了这个故事里。她的担心太深,焦虑太深,这是陈迦与没想到的。

陈迦与审视了一阵,才开口:"莀莀……"他顿了顿,"你和则兮,你们是不是有事瞒着我?"

林莀一怔,猛地抬头,是……是被小舅舅看出什么了吗?

她绷紧嘴角,很快地摇了摇头。

陈迦与看了她一阵,没有再问,却心下了然。他们发展到哪一步,确没确定关系,他不知道,但二人相互暧昧,是跑不了了。

他又想起今天回 C 市之前遇到的各种不顺利的事,

只怕其中也少不了周则兮的阻挠。

自己千防万防,没想到放了个王炸在林莀身边!

倒不是说周则兮不好,只是陈迦与看着他长大,知道他是怎样被他哥哥捧在掌心,全心全意地呵护着。这样活在温室里的人,真的能保护好林莀,带给她幸福吗?

陈迦与在心中打了个问号。

周则兮离开林莀的小区之后,没有回家,而是直奔市立医院。

他原本说了今天有事,已经拜托当值的护士帮忙放语音给哥哥听,现在看见他面色凝重,急匆匆地过来,医护们都面面相觑,不知道出了什么事。

病房里,周则兮看着躺在床上的哥哥憔悴又平静的模样,忽觉一股热流涌上了他的眼眶,镜片涌起一层薄薄的雾气。

周则兮深吸一口气:"为什么不告诉我?"

而周则已只是安静地躺着,神色毫无波澜。

周则兮紧紧捏着手机,想起一年前的那个未接来电,他的手在发颤,他止不住地想,这个电话是不是就是"help me"的意思?

所以那场车祸,根本就不是意外。

你发病了!你在向我求救!而我……毫无作为!

周则兮从没想过,真相会这样赤裸裸地暴露在他面前。

他一直怀疑的凶手，不是处在高速公路摄像头盲区的车辆，不是没有检查出质量问题的汽车，更不是周则已毫无可能的不小心，而是他！

凶手是他周则兮！是他的冷漠，是他对哥哥心理状况的毫无察觉！

周则兮握住哥哥的苍白得有些枯瘦的手。

他现在仔细回想，周则已的情绪异常并不是毫无痕迹可寻。

有好几次，周则兮都发现了周则已的不太对劲，可每一次，周则已说自己没事，只是工作有些累，而他也是毫不怀疑，全盘相信了，然后房门一关，继续全神贯注地投入自己的研究中。

房门外的周则已到底是什么样子，他根本没有仔细探究过。

周则兮坐在病床前，看着眼前和自己相似的面孔，越发觉得无颜以对。周则已每一次对他说"没事"，都在把自己推入更深的深渊吧。

周则兮的鼻尖和喉头蓦地涌上一股酸楚，泪水在眼眶里打转，冲得视线模糊。

二人如今像调了个个儿，他心中压了千斤重石，神情冷淡的人变成哥哥。清冷透亮的月光穿过病房的窗洒下来，他忍不住轻抚上哥哥消瘦的脸庞，喃喃："哥，我错了。我……好想你。"

这算不算是一种报应？

周则兮不知道。

他抬头看向窗外，深吸了一口气。

他想起林宸，一想起女孩子今夜又担心又委屈的样子，他就心疼得不行。林宸和他不一样，她生活在阳光下，看万物都是美好的，对一切都充满希望。

他不敢想，当林宸知道这件事，会怎么看自己，他又该怎样去面对她？

一个与她心中完全不同的，卑鄙又自私的周则兮。

月光幽暗，周则兮一夜无眠。

另一边，陈迦与建议林宸，最近让周则兮冷静冷静，尽量不要去打扰他。

林宸不知道小舅舅的私心，只觉得他和周家兄弟相识多年，自然比她更了解他们，或许他说的才是最正确的处理方式。

于是接下来的一段日子，林宸真的没有再去找周则兮。

她沉浸在写作里，和春山博物馆合作的剧本推理游戏已经到了收尾阶段，公司所有同事最近都忙得飞起，像个不停转圈的陀螺。林宸加了好几天班，终于到了结尾，她手指搭在键盘上，敲下最后一个句号。

而后，她从开头审阅了全稿，看着看着不禁鼻头泛酸，这个剧本推理游戏的字字句句，甚至标点符号，都充斥着周则兮的影子。

林宸深深地叹了口气。

还有几天她就要去外地出差了，一个全国性的剧本推理游戏行业峰会，她的新剧本《烧烤店里的罪恶》将参展，她自然是要亲自到场的。

要不要去跟周则兮告个别呢？

林宸托腮，蹙着眉头，万分纠结。

吃午饭的时候，林宸和顾琳约在了常去的那家餐厅。

顾琳一眼就看出了林宸的不对劲，她喝一口柠檬水，清了清嗓，才开口："说吧，本知心姐姐在这里，你是不是和周则兮吵架了？"

林宸想了想，摇摇头："也不算是吵架，但确实闹了点不愉快。嗯，怎么说呢……"林宸皱着眉头，周则已的病情是不好随意告诉其他人的，她叹了口气，"其实不是我们之间的问题。他发现了一件对他打击很大的事，然后把自己藏起来了。他可能一时之间无法思考和处理我们的关系，我也不知道该不该在这个时候去找他。我怕他……不想见我。"

话音未落，林宸又叹了一口气。

顾琳认识林宸以来，很少见到她这个样子，哪怕是崩溃到码不出剧本，她抓狂几天，也会默默地坐回电脑前，继续敲打键盘。

这一次，她连语气里都充满着无助和茫然。

顾琳审视她一晌："那你想去见他吗？"

林宸垂眸："我小舅舅说，让我不要去打扰人家，不合适。"

"那你自己呢？"

林葰愣了一下，拿起叉子，有一下没一下地拨弄碗里的蔬菜，沉默了好一阵，才道："我不知道。"

顾琳扶额，耐心地引导："你再想想？"

"就算我去见他，我该说什么呢？他会不会觉得我在这个节骨眼上，还找他谈儿女情长，特别的没心没肺啊？"

顾琳一脸"孺子不可教"的表情："你怎么想的就怎么说呗！"

林葰其实没什么想说的，她只想陪着周则兮，让他知道，在这个世界上，他不是一个人。除了他的哥哥，他还有她。她会一直陪着他，无关乎一切外因，他只是她心里最纯粹、最不可替代的周则兮。

"葰葰，"顾琳放下叉子，看着她，"你记不记得，上回在这里，我跟你说过，能在对的时间遇见对的人，是一件很幸运的事。你不要辜负这份幸运。"

林葰抬起头看着她，茫然地眨了眨眼。

顾琳接着说："你一直都是幸运的，所以你大概体会不到这是一件多么可遇而不可求的事情。你懂得把握自己的命运，你知道自己要什么，也知道要怎样去争取。就像你现在的工作，当初你反抗你小舅舅的时候，是多么有勇气，我都被你帅到了！怎么才过了一年多，就畏首畏尾了呢？这可不像你！"

林葰垂眸，大概是过于在意，才变得不敢轻举妄动吧……

可正如顾琳所说,这都已经不像她了。

她不是个擅长深思熟虑的人,通常想做什么就直接去做了。不论后果好坏,她都能全盘接受,洒脱坦荡,与人无尤。

这虽然不算是什么长处,但绝对不是坏事。

林宸知道,不论陈迦与怎么说不合适,她内心就是想去看周则兮。她急切地想知道他好不好,想陪在他的身边,想知道他的一切!

林宸狠狠点了一下头,像是做了个重大决定,"噌"地站起来。

不远处的服务员吓了一跳,余光紧紧盯着她,随时准备为她的冲动收拾桌子。

"琳琳,我去医院了,下午请假!"说完,林宸拔腿就走,留下一个急匆匆的背影。

顾琳笑了笑。

看着林宸的背影,时光仿佛回到了多年前,她也曾那样充满勇气、恣意洒脱过,只是现在,她经历了太多,顾虑也太多,再也不是从前那个无知无畏的小姑娘了。

她羡慕着林宸,也祝福着林宸,也许她也还在怀念那个曾经的自己。

顾琳把一勺拌饭塞进嘴里,嚼了两下,突然觉得自己有点矫情了。她大中午的想这些有的没的干吗?是稿子写完了,还是新选题有着落了?

顾琳甩甩头,正要接着吃饭,手机忽然弹出易舟的消息：上回那篇稿子，我觉得我还有需要补充的地方。要不今晚约个饭，再聊一聊？

顾琳皱眉，自从上回把初稿发给他，这家伙都补充八百遍了！前几次她还认真跟进，可是后来，他聊稿子越来越少，闲扯越来越多，最近几次直接不聊稿子了！他的瓶瓶罐罐全都修复完了吗，这么闲！

顾琳叹了口气，回复：你直接发电子版吧，我今天加班。

易舟：那我等你。

顾琳回复：不用了，会很晚。

窝在沙发上的易舟眼睛一亮，立马坐直，回复：我来接你吧！大晚上的不安全。

他这还是受了周则兮的启发。虽然这家伙最近玩失踪，可他和林宸因为加班接送而发生的点点滴滴，易舟可清楚得很。加上前阵子，周则兮骗他去D市拦截陈迦与，一看就是要对林宸下手了！易舟觉得，有时候该不要脸，还得不要脸！

他拿起手机，正要继续给顾琳描述晚上一个女孩子怎么怎么危险，顾琳弹来消息：我有车。顺便，在下跆拳道黑带，请问阁下是？

易舟的话被堵住，无奈地弹了个失望的表情包过去。

他也不明白，顾琳为什么总是躲着他。可她看上去也不像是讨厌他的样子，之前在KTV的露台上，他们不是聊得很好吗？怎么一到有实质性的进展，她就退缩了呢？

易舟抠抠脑袋,决定直接去顾琳公司楼下等着,她到底是怎么想的,终归要问个清楚!

不然猜来猜去,折磨别人,更折磨自己。

林莀赶到市立医院时,正是医护们午休的时候,崔医生端着洗过的饭盒迎面走来,看见林莀,笑着打招呼:"则兮家的小朋友!来看则已的?"

林莀也看见他,点了点头。

崔医生见她乖巧,老大哥心态暴涨,像哄自家小孩子一样对她说话:"吃饭了没有,要不要去我们食堂吃点,叫上你小周叔叔?"

"我吃过了,谢谢崔医生。"林莀礼貌地回应,又朝病房探了探头,"周则……呃……小周叔叔,他还没吃饭吗?"

周则兮平时吃饭很规律,午餐最迟不超过十二点,现在都一点多了。

林莀一双大眼睛看着崔医生,满满的全是担心,毫不遮掩。

崔医生笑了笑,目光意味深长:"他最近怕是日有所思,胃口不大好。"

林莀的眉头皱起,完全没有意识到崔医生在暗示些什么,她只觉得周则兮大概因为他哥哥的事,心理压力太大,情绪出问题了。

林莀想好了,一会儿看见周则兮,如果他太过颓废,精神状态过于低迷，就立马拽他到楼上心理科去挂号！

崔医生看着林宸这模样，指了指病房："快进去吧！"

林宸点了点头，正要跟崔医生道别，病房的门突然打开了。

走出来的不是周则兮，而是一个高挑美丽的女孩。

她长发绾在脑后，身穿一件V领丝质衬衣，露出天鹅般修长的脖颈，一双大长腿被紧身牛仔裤包裹，显得又细又直。

这打扮虽然随意普通，可她整个人光彩夺目。

林宸挪不开眼了。

如果说，顾琳的美是馥郁香甜的荔枝玫瑰，那么眼前这个女孩子，就是一株明丽的剑兰，生机勃勃，又傲然冷艳。

崔医生看见她，还来不及跟林宸打招呼，一眨眼就溜了。

女孩大步流星地追过来："你给我站住！"

只可惜崔医生跑得太快，眨眼间连半个人影都看不见了。

她气哼哼地暗骂一声，转头，这才看到身边有个娇娇小小，一脸蒙的林宸。她打量了林宸一眼，目光高傲又充满攻击性："你是谁啊？"

林宸被她的气场震慑住，下意识抖了一下。

她抬起手，弱弱地指了指周则已的病房："家……家属。"

"呵！"女孩嗤笑一声，抱臂看着她，"这么多年了，还是少不了小姑娘前赴后继啊！不过我也真是没想到，我才回来，行李都还没收拾呢，就逮着一个！"

她靠近两步，高跟鞋的声音尖锐刺耳，逼得林莀连连后退，莫名地紧张。

她微微倾身，盯着林莀的眼睛，语气充满了轻蔑与不屑："你是家属，那我是什么？"

哈？林莀愣住了，她的话是什么意思啊？

女孩没有说话，只是侧过头，抬手扶了扶发髻。

林莀这才惊觉，她的发髻是用发钗盘的，正是她生日的时候，周则兮打算送她的，他家传的花丝镶嵌金凤钗！

而现在，这支凤钗插在了别的女孩子头上。

林莀直勾勾地盯着那支凤钗，脸"唰"地煞白。她身体僵直地站着，像被下了符咒，一动也不能动。

短短几天，周则兮，他怎么可以……这支凤钗明明是……

林莀的脑子乱作一团，双手紧握成拳，试图阻止浑身的颤抖。

可越阻止，她的身体就抖得越厉害。

金色的凤钗映着女孩雪白的皮肤，更耀眼夺目。在她面前，林莀觉得自己普通得就像一粒尘埃，轻轻一吹，便无影无踪，留不下任何痕迹。

所以，当初她凭什么觉得周则兮会喜欢上自己啊？

说不定人家只是无聊了玩玩，抑或周则兮就是打算趁正牌女友不在的时候，找个备胎！

林莀越想越生气，伤心并着愤怒，在胸腔里膨胀。一股莫名的酸楚忽然涌上鼻尖，熏得她眼眶红红的。

对面的女孩看她这反应，吓了一跳。她皱了皱眉，有点不耐烦："你别这样啊！以前你或许不知道我的存在，现在知道了，就别再觊觎我男人了，明白吗？"

林莀紧咬着下嘴唇，说不出话。

"嘎吱"一声，病房的门被推开。

"崔玥，"是周则兮的声音，"这个好像坏了。"

周则兮拿着水壶出来，一眼就看见了林莀和崔玥。他愣了一下，两个姑娘面对面，不大对劲的样子，尤其是林莀，眼眶连带着鼻头都红了，一副快要哭出来的模样。

周则兮眉头紧蹙，大步走过去。

难道是自己最近的逃避行为伤害到她了？

林莀一看到周则兮过来，就忙退后了几步。她小心翼翼地看了崔玥一眼，又退了几步，试图将与周则兮的距离拉远些。

"莀莀，"周则兮靠近一些，"你怎么来了？"

林莀又退后一步，快贴到墙根了："嗯，我来得不是时候。"

周则兮一脸莫名："本来，我想今晚再去找你，我有话跟你说。"

林莀垂着头，披肩长发倾泻下来，挡住了大半张脸。她不想让周则兮看到她这副没出息的样子，她是潇洒的林葰,她拿得起放得下,她走也要利落地走!

林葰深吸一口气:"我知道你想说什么。"

"崔玥……"她看了一眼美丽的女人。

周则兮刚才是这样叫对方的吧,他们站在一起,一个神仙哥哥,一个神仙姐姐,真是好般配啊!林葰咬咬牙:"崔玥都告诉我了。我明白的,再见!"

说完,林葰转身,大步往前走,连电梯也不想等,抬腿就往安全通道里冲。

"葰葰!"周则兮忙追上去。

崔玥却一把拽住他:"你哪头的?"

周则兮回头看她,抽回手臂,满脸莫名其妙:"你欺负她了?"

崔玥没说话,只撇了撇嘴,好像在说"那又怎么样"。周则兮不知道她哪根神经没搭对,抬腿就要走。

"小周先生,"护士从病房里探出脑袋,"麻烦过来一下,有几张单据需要您马上签字。"

周则兮脚步顿住,眉头不受控地皱成一团,望着林葰逃跑的方向,他心里七上八下的。

林葰急匆匆地跑下楼梯,大喘着气,她平时不大爱运动,这一跑,额角狂冒冷汗,心脏也"咚咚咚"地狂跳。

她也不知道下了多少层楼,安全通道的光线很暗,她只得抚着心口,靠在墙角休息。

她抬头看了一眼上面的楼梯,黑漆漆、静悄悄的,显然,周则兮是不会追出来的。既然她自己明白了过来,他又何必多做解释，徒增尴尬呢？

林宸指甲掐着虎口，牙关紧咬，眼睛里已经包了满满的泪花，却始终强忍着不哭出来。

为这种事，不值得！花花世界那么大，美男多着呢！

她深吸一口气，强逼着自己把眼泪憋回去，然后掏出手机，一键拉黑周则兮，接着给顾琳打电话："我要是再提周则兮，我就是'狗'！"

说完，她"啪"地挂断。

电话另一头的顾琳正在赶稿子，接了这通莫名其妙的电话，她下意识打了个寒战。

上回林宸这样说，还是在她刚上大学的时候，林宸被学生会主席坑了，逮出来背锅，那时她说她要是不去举报，她就是'狗'。后来，林宸就真的搜集证据，和其他人一起举报了那位学生会主席，逼得他自己辞职。

顾琳一想到这里，就知道这次事情不小。

她有点担心，电话回拨过去，林宸却没接。

顾琳皱起眉头，看着手机通讯录里唯一能打听一二的易舟，拨通了电话。

易舟秒接："嗨！你是不是改变主意了，觉得晚上和我约饭也不错？"

顾琳翻了个大白眼："周则兮最近抽什么风？"

易舟一愣："你问他干吗？他玩失踪，我都好几天联系不上他了。"

这样啊……顾琳想了想："莫不是知道要被声讨，

躲起来了？"

易舟："哈？"

"老实交代，他欺负莀莀的事情，你知不知情？到底怎么回事？"

欺负？林莀？是他理解的那个意思吗？易舟张大了嘴，震惊地喃喃道："老周长本事了啊……"

顾琳瞪大眼："你说什么？"

"没……没什么，"易舟的思绪一下子被扯了回来，"我是说，今天的晚餐去东邻怎么样？我马上订位置！"

"和你的狗兄弟吃去吧！"顾琳冷哼一声，"啪"地挂断电话。

易舟呆呆地看着手机，一脸蒙，什么情况？我招谁惹谁了？

市立医院里，周则兮看着手机里一堆发不出去的消息、打不出去的电话，内心无比烦躁。

他处理完医院的事情，天已经黑了，去侦相找林莀时，却被告知她已经去B市出差了。

周则兮问过旺仔才知道，林莀原本应该后天去的，但是今天下午她申请了立马走。

旺仔还在感慨："林莀真是一个负责任的好编剧，展会的事只需要她露个脸、领个奖，没想到她也这么上心。"

周则兮扶额，摘下眼镜，捏了捏鼻梁，看上去疲惫又焦躁。

旺仔察言观色，忙道："小周先生放心，关于春山博物馆的剧本已经定稿，林宸在走之前都发给我了，完全是按您的要求修改的。本来怕耽误您休息，打算明天再发给您。要是着急，我现在就拷给您？"

周则兮看了旺仔一眼，心中无奈，她是连工作的交集都不给他留啊！

周则兮戴回眼镜，理了理情绪："请问，可以把展会的具体地址给我吗？我这几天在B市也有几个拍卖会和讲座要参加，正好去看看。"

"当然当然！"旺仔一脸受宠若惊，"您要是能去指导工作，那可就太好了！"

周则兮笑了笑，礼貌地颔首。

收到旺仔发来的展会定位后，他便匆匆告辞，反手给之前推掉的拍卖会的组委发了确认函。

林宸到达B市后，并没有急着跟同事们会合，而是在酒店洗澡放松，睡了一觉。第二天早上，她才容光焕发地出现在展会现场，还给大家带了奶茶。

因为剧本推理游戏行业的迅猛发展，这一届峰会比往年的规模都要大，人山人海的，除了越来越多的公司和从业者，也有不少爱好者来凑热闹。

同事们在展位上忙碌，接待参观者，过了好一阵才看见林宸，都吃了一惊。

乔乔第一个跳出来，接过奶茶，帮她分给大家："你怎么来了？"

她还以为林宸会舍不得和周则兮分开，拖到最后一刻才现身呢，而且，论踩点这件事，全公司林宸称第二，没人敢称第一。

林宸戳开一杯全糖全小料的奶茶，猛吸了一口，才道："我的本子在参展呢！我当然要早点来！我可是一个称职的编剧！"

乔乔"呵呵"一笑，当初是谁跟我一起摸鱼来着？

林宸又吸了一口，一杯奶茶被她喝了大半。她看了看，又戳开另一杯，两手分别拿着，朝乔乔眨眼："带我四处转转呗！咱也学习学习别家的优秀剧本嘛！"

乔乔看她这反常的样子，有些哭笑不得，只得带着她从头逛起。

没想到，二人刚一出会展中心，林宸蓦地顿住脚步。

对面是 B 市嘉利拍卖中心的 LED 屏，上面正播放着：热烈欢迎周则兮先生莅临指导！

一起播放的，还有周则兮的大照片！

第五章
草莓味雪糕

周则兮不爱拍照,所以当组委会请他提供资料时,他直接发了仅有的证件照。

饶是如此,完美的皮囊还是引得路人注目,斯斯文文的眼镜,从容淡然的微笑。不少来参加剧本推理游戏峰会的人,都被对面的屏幕吸引,站在门口久久不愿进去。

林宸扫视了一眼众人,冷哼一声:"肤浅!"

乔乔偷偷瞧林宸,以为她在吃醋,只憋着笑:"你的小周先生,还真是受欢迎呢。昨天晚上我们就看到他的各种宣传了,还有网上的财经新闻、艺术公众号……都霸屏了!"

"注意你的措辞,什么你的我的!"林宸眼刀扫过去,发泄似的,"咕噜咕噜"地将手中的奶茶一饮而尽,而后又拿出手机,点了几杯。

乔乔有些看不懂了,这是闹矛盾了,借奶茶消愁?还是……他们没打算公开,林宸不好意思了?

乔乔虽然八卦,但也仅限于听听传传,秉持着"不掺和情侣之间的事"的态度,她忙转移话题,指着会展中心的广场,笑道:"你看,今年的布置真是超用心!连广场上都有我们的剧本海报和角色立牌,面积还不小呢!那几张海报是咱们公司主推的本子,上面还有你的大名。"

她拍了拍林宸的肩膀:"咱今年的业绩一定'噌噌'涨。我都看见年终奖在向我招手了,你的一定更多!"

林宸放眼望去,的确比去年气派多了,至少是越来越像正经的行业峰会了。

一年以前,剧本推理游戏行业还多是一些几个人的小作坊,编剧们从不同行业涌来,有网文作者、影视编剧、密室编剧……每个人都是在摸着石头过河,他们带着自己的思想、经验,为剧本推理游戏添砖加瓦,注入能量。渐渐地,如林宸这一批人,发展成为专业的剧本推理游戏编剧。

与此同时,剧本推理游戏公司的结构、发行渠道也在不断完善。这次参展的好多公司,包括侦相,都已经算是走上正轨的公司了,而且他们还在探寻新的模式。

剧本推理游戏相关的综艺、游戏、影视剧、IP联动……短短一年时间,这个行业的变化天翻地覆。

它像一轮朝阳，正在冉冉升起。

林莀很庆幸，自己是这朝阳的一部分。

她想到这里，心情豁然开朗，也不再去想周则兮，干劲十足地转身走进展览馆，开始了调研工作。

除了爱情，人生还有许多事要去做。

即使她暂时不能放下，但时间总会治愈一切，何必耽误事业呢？如果实在觉得心绪不宁，那就喝奶茶吧！

林莀又拿吸管戳开一杯新的奶茶，满足地喝了一口。

此时，会展中心对面的嘉利拍卖行，一众人簇拥着周则兮进去。

周则兮一向低调，即使受邀参加拍卖会，也都是静悄悄地来，静悄悄地拍，静悄悄地走。一来是他的性格使然；二来，收藏界把他当成风向标，他去了哪里，拍了什么东西，必定有不少人跟风，如此，倒像是做广告似的不太地道。

可这一次，他不仅同意写欢迎辞，还同意放照片，甚至连各个渠道的媒体宣传他都全盘接受，积极配合，好像生怕别人不知道他来了。

拍卖行的总裁把周则兮迎进贵宾厅后，小心翼翼地打量了他一眼，才问道："周先生，今天……是有什么特别中意的拍品吗？"

周则兮坐在落地窗前的沙发上，敷衍地笑了一下。

见他撑着额角，眉头微蹙，只是望着对面的会展中心发呆，拍卖行的总裁疑惑地看了看，实在没看出什么东西，只得把拍品名单给他，离开去忙自己的事情了。

周则兮看着对面来来往往的人流。

这个时候，林宸应该已经在工作了，也不知道她有没有看到自己来了的消息。

她拉黑了他，不接电话也不回信息。周则兮深吸一口气，看了眼时间，第一场拍卖的结束时间和林宸展会结束的时间应该差不多，他待会儿早点去展厅门口等她，把话都说清楚，也就好了。

拍卖会开始后，周则兮没有坐在拍卖行安排的中心位置，而是在众目睽睽之下，自己找了个靠窗边角落的位子坐下，然后继续盯着对面的会展中心。

一屋子的人都看蒙了，时不时投去好奇的眼神，伴随着窃窃私语。

这一场拍卖会的主题是晚明瓷器，还有几件品相不错的永乐甜白，是周则兮喜欢且正在深耕的领域。可眼看着一件件拍品都名花有主，周则兮依旧没有任何动静，甚至连眼神都没往拍品上挪一下，众人也都犹犹豫豫，举牌更加谨慎了。

时间过得很快，转眼就到了本场的压轴拍品，一件永乐甜白玉壶春瓶。

这件玉壶春瓶线条流畅、釉质温润、釉光柔和，色彩白雅甜净，看上去白如凝脂，素犹积雪。加之这一器型，白釉的都不多，更不要说永乐甜白了，极为罕见。这几年差不多的拍品，成交价几乎都在两千万以上，且有持续上涨的趋势。所以,不论是审美价值还是经济价值,这都是一件难得的珍品。

众人摩拳擦掌、跃跃欲试,叫价声此起彼伏,价格一路高涨。可一看周则兮,这位小爷依旧望着窗外,一副事不关己、高高挂起的模样。

台上举锤的拍卖师见这状况,都不太敢轻易下锤。

周则兮往年看到这样的拍品,是志在必得的,即使最后超出预算拍不下来,也不至于一次价也不喊,一眼也不看吧?

拍卖师看着他:"两千八百万第一次。"

周则兮毫无反应。

"两千八百万第二次!"

周则兮依旧没有动静。

拍卖师皱眉:"两千八百万第三……"

话音未落,角落的周则兮"噌"地站起,满脸紧张。

众人的目光齐刷刷地落到他身上,这是要发力了吧?他要出多高的价?

可下一秒,周则兮猛地转身,飞奔出了拍卖大厅。

众人都愣了,看着周则兮的背影,不知所措。

而窗外没什么特别的,只有一辆救护车伴随着警笛声从对面的会展广场迅速开出去。

周则兮到广场时,救护车早已离开。

他刚才看见救护车旁边有几位侦相的员工,却独独不见林宸,心一下子就慌了。周则兮深吸一口气,快步走进展厅,四处张望着找侦相的展位。

她可千万……不要是救护车里的那一个!

展厅里人山人海,周则兮悬着心挤在人群中,紧张和焦虑全写在了他脸上,和平时淡漠优雅的他完全判若两人。以至于周则兮找到侦相的展位时,大家看见他慌慌张张的样子,反应了两秒才敢确认。

周则兮粗喘着气,扫视一圈。林莀依旧不在,唯一和她相关的,是后面桌子上一堆贴着全糖全小料的空奶茶杯,足有六七个。

周则兮忽然有种不祥的预感,皱眉:"林莀呢?"

众人面面相觑,不会是剧本出了问题,小周先生现场逮人来了吧?

编剧部的一个同事忙站出来维护林莀:"小周先生不好意思,您别怪林莀,她刚才不舒服,叫了救护车送医院了。剧本有什么问题,要不我先和您……"

"哪家医院?"周则兮打断他的话。

能叫救护车,就不是"不舒服"这么简单了……他眼睛越睁越大,额角的冷汗不断地冒,连手背上都绷出了青筋。

同事吓了一跳,什么仇什么怨啊?小周先生不会是要追到医院去找林莀的麻烦吧!

他吞吞吐吐:"那个,医院……那个……"

"哪家?"周则兮急了,也顾不上什么风度,眼看就要发火。

刚和主办方说明完情况的乔乔回到展位，恰好看到这一幕，忙上前回答："B市国际医院。"

周则夕闻声，转头就跑，一眨眼便不见了人影。

同事们一脸蒙，从林莀腹痛呕吐、叫救护车，到周则夕莫名其妙地横插一脚，再到乔乔爽快地告知他医院地址……他们一直都处于不大清醒的状态。

"'局长'，"刚才那位仗义的同事凑到乔乔身边，"把医院地址告诉外人，真的好吗？"

乔乔看他一眼，摇摇头："人家才不是外人。"

同事眨巴着疑惑的小眼睛。

乔乔："是家属。"

周则夕到医院时，林莀正在进行急救。

医生说，她是饮用奶茶过量导致的食物中毒，需要马上进行洗胃，之后再观察几天，如果没事就可以出院了。

看见周则夕的样子，医生还特地补充了一句："问题不大，你不用太过紧张。"

周则夕这才意识到他的表现似乎太过慌乱了。

他点了点头，配合医生、护士的工作，签字、填表、缴费……履行"家属"的职责，直到把林莀推回住院病房，他才稍微歇了口气。

林莀经过这一番折腾，人还很虚弱。她安静地躺着，小脸有些发白，嘴唇也没什么血色，看上去憔悴得很，只是一双大眼睛还瞪着周则夕，又娇又凶。

"先休息。"周则兮叹了口气,拿毛巾替她擦额角的汗。

碎发粘在额角,她一定很不舒服,周则兮的动作很轻很温柔,林莀却蓦地别开头。

动静不大,却是无声的抗议。

周则兮的心脏猛地一下抽痛,握毛巾的手顿在半空。

沉默了一阵,他才缓缓收回,坐回病床旁的椅子上:"你何必拿自己的身体赌气呢?"周则兮开口,眼神又无奈又心疼,"崔玥她,其实是我……"

"我没有!"林莀用虚弱的声音叫嚣着打断,"而且,我喝我的奶茶,和别人有什么关系?"

她白他一眼,苍白的小嘴不由自主地噘起,要是她体力再恢复些,只怕能龇牙咬他!

周则兮皱眉看着她:"崔玥是我准大嫂。"

"我管她是……"林莀猛地顿住,睁大眼,看了周则兮半天,才反应过来。

所以,那天崔玥口中所谓的"她男人",其实是周则已?

林莀一时有点尴尬,抬眼看着身边的男人:"真……真的?"

周则兮被她这突如其来的态度变化弄得哭笑不得,只得重重地点了点头:"她把你当成我哥的追求者了。我哥出事之前,追他的女孩子的确能排长龙。崔玥才回国,当初我哥的事情也是瞒着她的,她应激反应太大,跟刺猬似的,逮着人就扎。你别理她。"

"这样啊。"林莀眼珠转了转,想做最后的确定,"那……凤钗是怎么回事?"

她可看得清清楚楚,崔玥头上的凤钗,和自己生日那天看到的那支一模一样!

周则兮被她的执念逗笑了:"凤钗原本就是一对。既然是家传之物,自然是我和我哥一人一支。我父母总不能厚此薄彼吧?"

"也是哦。"林莀笑笑,"那我的……啊不,你的那支呢?"

周则兮摸摸她的头,声音很低:"在家里等着它的女主人。放心。"

男人的目光里充满了宠溺,他深深凝视着病床上的女孩子,像是看着他最珍视的宝贝。

这是比他收藏的所有奇珍异宝加起来还要珍贵的存在,是他将用尽一生去呵护的那份独一无二。

周则兮不想再犹豫,也不想再纠结。

自从在医院看到林莀负气逃走,他就知道他错了,错得离谱。他该早些跟林莀说明白的,告诉她,他愿意用一生的热情去爱她。

只是那时,那个软弱、不堪的周则兮,他不敢。

林莀来找他,又因为他而快乐和难过,就意味着她是愿意接受他的,她所爱的,或许本就不是那个完美无缺的周则兮。

他们只是彼此,也终会奔向彼此。

那他又有何惧?

他愿意剥下华丽的皮囊,将最真挚的灵魂奉于她面前,他想要朝朝暮暮,想要星辰和她。

林宸凝视着周则兮,哪怕隔着镜片,男人眼中的炽烈也丝毫抵挡不住,这是一个视她如珍宝,为她阵脚大乱的周则兮。

周则兮紧紧握住林宸的手,她也用力回握。

女孩子的怒气来得快,去得也快,她所有的心事都写在脸上,毫不遮掩。

周则兮微微含笑,趁她心情好转,又重新帮她擦汗。

这一次林宸没有躲,而是十分享受地由着他擦。原本她才洗过胃,没什么精神,可周则兮替她擦过汗之后,竟然觉得舒服许多。

她抬眼看着周则兮,嘴角也抑制不住地勾起。

空气中仿佛有蜜糖的味道。

周则兮捋了捋她的发丝:"先睡觉好不好?我又不会跑。"

林宸抿着嘴,摇了摇头。她盯着他看了一阵,忽然想起了什么:"对了,我同事呢?刚才她送我过来的。"

她还没道谢呢!

"我请她先回去了。"周则兮笑了笑,身子微微前倾,贴着女孩子的耳朵,"家属在呢。"

家属……林宸心一紧,耳根"唰"地红了。

男人的气息久久不散，萦绕在耳边，痒痒的，叫人迷乱。

周则兮推了推眼镜，似笑非笑地看着她，确切地说是看着她又红又圆的耳垂，肉嘟嘟的，像一颗小小的樱桃，极为可爱。

周则兮没忍住，伸手捏了捏："快休息吧，乖。"

林宸只觉一股酥麻直窜上心尖，顶上脑门，像麻药似的。她洗胃的不适感没了，额角的黏腻感也没了，整个人轻飘飘的，像躺在云层里，又像陷在温柔乡。

她看着周则兮，深吸几口气，喉头咽了咽，然后伸出食指，勾了勾。

周则兮以为她有话要说，凑过去。

林宸猝不及防地抬手，也捏了一下他的耳垂："来而不往，非礼也。"

说完，"作案的手"一下就滑进被窝，她闭着眼假装什么也没发生地开始睡觉。

周则兮愣住了，所以……你就非礼我？

可这哪里是"作案的手"，简直是"点火的手"！

她轻轻一碰，仿佛点燃了周则兮心里的烟花，"噼里啪啦"地在他的夜空炸出斑斓的色彩，璀璨无比又激动人心。他看着病床上装睡的女孩子，粗喘了几口气，不断告诉自己，她还是个病人，来日方长，来日方长……这才渐渐压下疯狂的心跳。

夜色渐晚，林宸虽然脑子兴奋，但奈何身体实在太疲惫，撑着撑着，也慢慢睡着了。

周则兮含笑看着她，怕她输液的手乱动，又叫来护士替她绑了个盒子固定。护士还笑话说，只在轮岗去儿科的时候见过这种操作。

周则兮笑了笑。

林宸本来就是他家的小朋友啊！

他替林宸掖好被子，看着她又奶又乖的睡颜，嘴角的笑意忍不住加深，时间流逝，也浑然不觉。

直到天快亮的时候，桌上手机的屏幕亮了一下，周则兮才移开目光。

是陈迦与的来电。

陈迦与一路风尘仆仆地赶来，气还没喘匀，先凑上去看了看林宸。小外甥女睡得很熟，精神状态也还行，他这才放下心来。

他看了周则兮一眼，打了个手势，两个男人便一前一后出了病房。

"怎么搞的？"陈迦与压低声音。

收到周则兮的消息时，他魂都快吓没了。怎么去外地出个差，就用上救护车了呢？

"奶茶喝多了。"周则兮将整个过程细说了一遍。至于林宸狂喝奶茶的原因，他一时还没想好要怎样跟陈迦与说，毕竟，他们在一起这件事对陈迦与来说不是小事，他接着道，"说来，这件事怪我。我以后会好好看着宸宸，迦与哥放心，今天的事仅此一次。"

陈迦与没有说话。

他透过门缝又看了一眼林莀，确定她熟睡着，然后转头冷脸对着周则兮，哼笑一声："你看着她……呵，是要我放心她，还是放心你？"

周则兮愣了一下："迦与哥……"

陈迦与："我又不瞎。"

周则兮打量他几眼，半晌，推了推眼镜："看来，是对我不太满意。"

"我犯不上。"陈迦与的语气依旧冷冷的。

周则兮第一次见到这样的陈迦与，他平时待自己和亲弟弟一样，现在却完全变了个人似的，冷冷冰冰，刻意疏离。

"我只是好奇。莀莀缠着你，我可以理解。小孩子不懂事，对于感情看得简单而短视，你这样一张皮囊，总会令人心向往之。可是则兮，你怎么也……"

周则兮接道："这么冲动？不计后果？"

陈迦与的眉头皱起来。

在他看来，今天的事情就是最好的证明，他们只是两个不知轻重的小孩子，感情的脚步迈得出去，却未必能退得回来。陈迦与说："莀莀太天真，没经历过什么风浪，她需要的，是把她捧在手心里保护的人。而这个人，不会是同样长在温室里的你。"

"迦与哥，"周则兮似乎看出了他心中所想，"我明白你的担心。但你有没有想过，我和荵荵……或许都不是你想象中的样子。"

陈迦与蓦地抬眼，眉头皱得更深，一时不知道他到底想要说什么。

周则兮看着陈迦与，缓了缓，才开口："迦与哥，你眼中的荵荵，或许只是一个乖巧可爱、不谙世事的小孩子。可我眼中的她不是这样的。

"你总说她没经历过风浪，事实上，她在她自己的世界里，经历了无数次狂风暴雨。每一个写不出剧本的夜晚，是她的狂风暴雨；每一次和不对付的同事社交，也是她的狂风暴雨；当然还有应付像我这样，矫情又难缠的合作方。"

话及此处，周则兮的脸上不由自主地挂起了笑意，镜片后的眼神，温柔到似乎可以融化冰雪。

他继续说："荵荵，她正在一步步地往自己的山顶攀登。迦与哥要是不信，等荵荵出院，我们可以去会展中心看看。那些好评如潮的剧本推理游戏海报上，都印着荵荵的笔名。她是知名的剧本推理游戏编剧'小橙子'，是响当当的行业招牌！

"这一切，都是你所谓的温室花朵、珍稀动物，自己搏出来的一番天地。迦与哥，荵荵有自己做选择的能力，也有把自己的生活过好的能力。

"我为她骄傲，也为她能选择我而庆幸。"

周则兮语气笃定，神情认真。

陈迦与怔怔地看着周则兮，他向自己描述了一个强大的女孩子，那种逆风生长、向阳狂奔的女孩子。

一时之间，他竟然无法将莀莀的脸和这样的女孩子重合。

"小舅舅。"

一个虚弱的声音打断了陈迦与的思绪。

林莀站在门边，没输液的那只手推着吊瓶架子。她眼眶红红的，看向周则兮时，眼里的激动仿佛随时都会喷涌而出，她从没想过，周则兮会那样了解她，她也没想过，他会对小舅舅说出这番话。

二人看见林莀，忙扶她进去坐下。

陈迦与一脸焦急："怎么起来了？也不知道叫人！是不是我们吵醒你了？"

"没有。"林莀笑笑，"就是睡醒了，看见你们在门口，就出来凑个热闹。"

她说着，手掌与周则兮的交握，一刻也不想松开。

陈迦与垂眸看了一眼，酸道："现在有了小周叔叔，就不要小舅舅了？"

林莀"扑哧"一笑："你这是吃的哪门子飞醋？我总会谈恋爱的呀，与其是个陌生人，还不如周则兮靠谱呢，你说对不对？"

陈迦与被她气笑了。

他从不怀疑周则兮的人品，只是……

"周则兮，"林莀冲男人眨眼，"我有点饿了。"

"好，我去买粥。"周则兮摸摸她的头，退出了病房。

医生其实嘱咐了，林莀这时候不能进食，不过是他们甥舅二人有话要说，他自然要把空间留给他们。

陈迦与一指头戳上林莀的脑门，无奈地开口："你怎么想的？小周叔叔也敢生扑！"

林莀吐了一下舌头，委屈巴巴："现在是周则兮了！"

陈迦与无语。

林莀冲他讨好地笑笑，接着道："你和我说过他和大周叔叔的事，我想，我有时候在你眼里，跟他是一样的，你看他就像在看我。但是，小舅舅，周则兮其实也远比你想象中强大得多。尤其是这一年，没有他哥哥护着他、帮着他，他也还是能打理好自己的一切，甚至是家里的生意。

"他不是个小孩子了，也不是个书呆子，我和他在一起不是早恋，也不存在谁保护谁，我们是要手拉着手，并肩走下去的人！小舅舅，你明白吗？"

陈迦与看着林莀，女孩子一脸认真笃定，他从前很难想象她会说出这一番话。

有那么一个瞬间，一种莫名的失落感涌上心头，他觉得林莀长大了，成熟了，而自己老了……她不再需要他的保护，好像小鹰终究会离开巢穴，飞往更广阔的天地，那个属于她自己的天地。

陈迦与深吸一口气："你真想明白了？"

林宸重重点头。

陈迦与颔首:"我去叫他回来。过会儿我就回C市了,等你们回来,到山上来吃饭。"

"你同意了?"林宸蓦地睁大眼,"不许反悔哦!"

陈迦与笑起来,不同意能怎么办?看着你俩私奔吗?

"行了!好好休息,别喝奶茶了。以后我不会经常在你身边看着你,你自己……"陈迦与一时哽咽,"照顾好自己。"

他别过头去,只挥了挥手,拖着行李箱离开了病房。

看着小舅舅的背影,林宸忽然有些动容,陈迦与于她而言是舅舅,却也像是爸爸、哥哥,他是全天下最称职的家长,一直以来都以她为中心。林宸知道,他并不是真想反对,只是事情太过突然,他太舍不得自己了。

林宸看着他离开的方向,笑了笑,笑意温暖,她顺着陈迦与的话自语:"以后,我会照顾好自己,也照顾好你。"

窗外的朝阳升起,透过病房的百叶窗将整个屋子照得都暖洋洋的。周则兮刚好回来,他站在病房门口,冲林宸温柔一笑。

经过医生评估,林宸还得再观察一天才能出院,剧本推理游戏峰会那边的事自然是顾不上了。

她望着吊瓶,失落地垂头:"今天上午有个圆桌会议,都是业界大佬,本来我还能去发个言认识一下,抱个大腿什么的,这下全泡汤了!还有下午的优秀剧本颁奖礼,都通知我去领奖了,我连要穿的小裙子都带来了!

"你知道像我们这种埋头码字的小众编剧,根本没几个人见过我们的庐山真面目,我还想着要闪亮登场呢!"

林宸拉着周则兮的手,满脸委屈巴巴:"要不,你跟医生说说,就放我出去几个小时?反正我也没事了,不过是住院观察,在哪儿观察不是一样?"

"不行!"周则兮一脸严厉地拒绝。

食物中毒这事说大不大,说小不小,可她刚洗过胃,总是要好好休养的。别说是住院期间,就是回家后也得帮她再请几天假。

周则兮摸摸女孩子的小脑袋:"让同事代领不就好了吗?"

"那可不行。"林宸噘起嘴,"这个奖在业内分量很重的,是我第一次得呢!如果别人代领,意义就不同了。"

周则兮有点无奈,林宸犟起来,他是真拿她没办法:"那你想怎么样?"

林宸眼珠转了转,挑眉看向周则兮:"实在不行的话,要不,你帮我去领呗?那就不算假手于人啦!"

合着她早就挖好了坑,等着他跳呗?周则兮笑起来,目光落在她身上,有些意味深长:"我不是别人?"

林宸抿着嘴唇,微微点了点头,却不看他。

"那是什么人?"周则兮坐上病床边沿,渐渐靠近,他双手撑在她身侧,目光凝视着女孩子的眼睛,半点逃窜的机会也不给她,"嗯?"

随着那一声上挑的尾音，林宸的心跳蓦地漏了一拍。

明明他穿得那么整齐体面，明明他还戴着最禁欲的金丝眼镜，为什么自己的心却像是被猫抓，被火烧？

林宸喉头咽了咽，迎上男人的目光，镜片后的眼神炽烈又诱惑，她觉得周则兮的眼睛像是爱丽丝的兔子洞，终有一天，会让她毫不犹豫，纵身一跃。

林宸有些把持不住，舔了舔发干的唇，突然伸出手，在他的耳垂上捏了一下："昨天盖过章的，你说是什么人？"

她说完，迅速把小手藏回被窝，又补充道："都告知家长了，你可不许反悔！"

女孩子的指尖肉肉的，滑滑的，在男人的耳垂留下一股经久不散的麻意。

周则兮的目光更深沉了。

林宸根本不知道，她不经意的撩拨对他来说意味着什么。

周则兮又靠近了几分，抬手推了推眼镜，轻笑了一下："这算什么盖章？"说罢，他的手掌穿过她的长发，轻轻往前一送，在她的嘴角落下一个又绵又软的长吻。

林宸僵住了，她的脑子一时间一片空白，只有嘴角的触感，湿湿的、甜甜的，在心里无限放大。

这是她第一次，感受到男人的温度，属于周则兮的温度，那么叫人兴奋，又那么叫人迷醉。

周则兮托着她的脸，久久不愿放开。

他也不知道刚才怎么就忽然吻了上去。他自知不是一个主动的人，可是面对林荵，他就是会情不自禁，就是会放下自己所有的矜持。

林荵，是他生命里的意外，是不可思议的奇迹，也是无条件的珍爱。

周则兮终究答应了代她领奖。

会展中心离医院很近，加上领奖发言，来回不过一个小时。可周则兮还是不大放心林荵一个人，特别拜托了护士看着她，还多请了一个护工陪着。

林荵听着他的嘱咐，耳朵都快起茧子了。她忙推着周则兮出去："你快去吧，来不及了！"

周则兮被她推到门口，蓦地顿步，好像忽然想起了一件重要的事。

"对了，"他转回身，一本正经，"你还没回答我，我是你什么人？"

林荵一愣，男人较真起来，都这么幼稚的吗？

她垂眸笑了笑，踮起脚，快速凑到他的耳畔："我最爱的……周、则、兮。"女孩子的声音很轻，说完只仰头看着他，耳根却涨得通红。

周则兮看着她，兴奋得恨不得直冲云霄。

别说去帮她领奖了，刀山火海，天涯海角，去哪儿都行！

周则兮到会展中心的时候，剧本推理游戏峰会依旧在如火如荼地进行，而且因为圆桌会议和颁奖礼，来参会的人又多了不少。

林葳的同事们比昨天更忙碌，他们过了好一阵才看见周则兮，得知他来的目的后集体震惊。

关于林葳和周则兮的关系，乔乔昨天已经给大家打过预防针，只是他们没想到，林葳居然立马就让周则兮来领奖，丝毫没有要隐瞒大家的意思。本来还小心翼翼八卦的同事们，现在直接正大光明地"吃瓜"！

"小周先生，你和林葳在一起多久了？"

"你们什么时候结婚呀？全公司都得请吧？"

问题一股脑地砸向周则兮，他有些哭笑不得，笑容里透着股甜蜜的无奈："我都听葳葳的。"

同事们："哇！"

他们一双双眼睛里仿佛闪着小星星，那眼神完全不像在看一个严肃的合作方，而是看自家女婿，越看越满意的那种。

周则兮上台领奖时，同事们给林葳发去好多照片。

林葳坐在病床上捧着手机，一张张划过，嘴角不由自主地挂起甜笑。

最贴心的还是乔乔，直接给林葳发了直播链接。

屏幕里，男人穿着简单的中式衬衣和长裤，金丝眼镜规规整整地架在鼻梁上，高冷又淡漠，精致又斯文，他和与他一起领奖的几位男编剧完全不像是一个世界的人。

看直播的观众疯狂发送弹幕。

△我剧本推理游戏圈竟有此等尤物！

△小橙子居然是男的？"他"可是在微博上日常卖萌哎！

△侦相，我给你十秒钟，我要他的联系方式！

一起领奖的编剧们也向周则兮投去好奇的目光，他们其中有人是认识"小橙子"的，明明是个古灵精怪，不按套路出牌的小姑娘，现在在搞什么鬼？

林莀在屏幕前憋着笑，可笑着笑着，又没来由的有些失落。

台上的编剧们一一发表获奖感言，每一个字都充满了对剧本推理游戏的热爱。明明自己也准备了好大一段，要是也能站在台上，该多好啊！

早知道，昨天就不该喝这么多奶茶的。

林莀噘着嘴，无语望天。

她正要接着看直播，手机画面一断，忽然响了。

来电人：周则兮。

林莀愣了一下，他这个时候打电话做什么？已经领完奖下台了？

她犹犹豫豫地接起电话："周则兮？"

电话另一头，周则兮正站在台上，一手拿着林莀的奖杯，一手握着手机。

现场的人也都蒙了，不知道他要干什么。

"莀莀，"周则兮避开话筒，轻轻唤了声，"你现在状态还行吗？有没有不舒服？"

"嗯？"林宸半躺在病床上，啃了一口苹果，"挺好的啊。"

周则兮应了一声，而后对着话筒道："大家好，我不是小橙子，但是很荣幸能来替小橙子领这个奖。昨天，小橙子或许因为获奖太激动，奶茶喝多了，进了急诊。好在，现在已经没事了。"

话音未落，台上台下都愣了几秒，接着爆发出一阵洪水般的哄笑。

周则兮笑了笑，继续说："小橙子虽然没办法来到现场，不过我想，她有一些话，依然想要亲自对大家说。"他点了手机公放，"宸宸，该你了。"

电话另一头的林宸，嘴里还包着苹果，也不知道嚼了，只愣在那里，好半天才反应过来。

原本还在遗憾的事情，周则兮用另一种方式替她弥补上了。

一时间，惊喜混杂着感动，林宸深呼吸，忙嚼了几口嘴里的苹果，囫囵咽下，才道："大家好，我是小橙子。很开心大家能把优秀剧本奖颁给我，这个奖对于我来说，意义非凡。这几年，剧本推理游戏从起步到繁荣，我们这群编剧从菜鸟到专业，这些离不开所有剧本推理游戏爱好者的支持。"林宸的语气忽然温柔，"我爱你们，我爱剧本推理游戏。我也爱你……"

她含笑垂眸，脑中回想的，是她与周则兮相遇、相知的点点滴滴，那些与剧本推理游戏交织在一起，彼此了解、彼此成就的可爱的日子。

林宸没有再继续说下去。他的名字，放在心底，彼此心照不宣。

台上的周则兮也微微一笑，爱意落在眼底，无须隐瞒，也无须刻意张扬。

很快，颁奖礼的一幕幕被搬上网络，"女子喝奶茶住院""剧本推理游戏峰会惊现盛世美颜""小橙子到底爱谁"等词条纷纷被剧本推理游戏爱好者们顶上热搜，就连代领奖人周则兮和春山博物馆的消息也被人放了出来。虽然这些词条在热搜上只待了几分钟就被其他消息淹没，但造成的传播效应，在剧本推理游戏的圈子里是前所未有的。

峰会主办方省了一大笔宣传费，笑得合不拢嘴。侦相的老总还亲自给林宸打了电话，让他们抓住这波热度，推进和春山博物馆合作IP的宣传。

林宸一一应下。

她虽然也为这效果开心，但自己喝奶茶喝进医院的事多少显得蠢蠢的。另一方面，周则兮骤然出现在大众面前，不论颜值还是成就都被夸上了天，总让她觉得自家的白菜被人惦记上了。

所幸，她已经把白菜煮熟嚼烂吞肚子里了！嘿嘿！

与此同时，对面参加拍卖会的众人，看着会展中心门口的直播大屏上放着周则兮领奖的画面，瞬间对这个世界产生了深深的怀疑。

他们莫不是……该去收藏点绝版的剧本推理游戏

本子？

这收藏圈的风向，真是越来越看不懂了！

不过，这些就不归周则兮管了。

几天后，周则兮带着满血复活的林宸出院，夏日的朝阳照在女孩子的脸上，路边的梧桐树叶投下稀稀疏疏的影子，对林宸而言，又是生机勃勃，身心愉快的一天，除了周则兮不准她近期再喝奶茶，一切都很好。

二人手牵手回到C市，第一时间去了市立医院。

虽然崔医生每天都给周则兮发周则已的视频，但他总是要自己亲眼看过才放心。况且这几天都是崔玥在照顾哥哥，经过了林宸的事，他觉得崔玥也不是什么靠谱的人。

二人到医院时，崔医生正在午休，病房里只有崔玥一个人。

见二人进来，崔玥下意识站起身，看到林宸后，那天放狠话的场景一下子钻回她的脑子里。

"嗨！"崔玥尴尬地扯着嘴角笑了笑，僵硬地挥手，"那个，你们回来了。"她看向林宸，"你身体还……还好吧？不好意思啊！"

林宸看着她这副又尿又尴尬，和之前嚣张的白天鹅相比，简直判若两人的样子，差点没笑喷。

林宸憋着笑："没事没事，都是误会。"

崔玥尬笑着点点头。

当时周则兮知道了她说的话，直接劈头盖脸一顿臭骂，也就是在她保证等他们回来后，亲自跟林宸解释，他才放过她。

崔玥看了看周则兮，男人的目光还是充满了压迫和不满。

明明是个比自己小整整八岁，几乎是自己看着长大的小屁孩，怎么会有这么大的威慑力呢？

崔玥深吸一口气，拉着林宸："我请你喝咖啡吧，医院门口那家还不错。"

不待林宸答应，她便一把拽着林宸，逃之夭夭。

医院门口的咖啡店门很小，没有名字，隐藏在一排水果店、快餐店和药房中间，不仔细看还真看不出来。

林宸跟着崔玥推门进去，门框上的风铃摆动，里面的装修是简单又有格调的工业风，只卖着几种常见的咖啡，除了她们，也没有别的客人。

老板是个二十来岁的酷酷的短发姑娘，见崔玥进来，笑着挥手打招呼："嗨！今天还是老样子吗？冰美式？"

崔玥应了声，又问了林宸喝什么。

"拿铁，谢谢。"林宸道。

说完，二人便在崔玥常坐的位子落座。

"崔玥姐，你经常来吗？"林宸打量四周，好奇道。

她记得周则兮说过，崔玥是最近才回国的。

"回国的时候，差不多每周都会来。"崔玥看了眼认真做咖啡的老板，"没想到这么多年，她还开着。我记得，她当初还是隔壁医学院勤工俭学的本科生，现在应该读到博士了吧。"

林宸环顾咖啡店,这生意似乎也不像能赚够学费的样子啊……

不过她没心思去探究别人的故事,等崔玥感叹完时光匆匆,她才笑道:"每周都来,这么好喝?"

崔玥"扑哧"一声:"其实不是。我是来看我弟弟,顺便坐坐。"

林宸:"你弟弟?"

崔玥点头:"崔璨啊,周则已的主治医生!你没觉得我们长得挺像吗?"

林宸睁大眼,整个人震惊了。

难怪,她第一次见到崔玥的时候,崔玥一副追着崔医生要暴打的样子。只怕是瞒着崔玥,周则已意外车祸的事,崔医生也没少出力。

崔玥继续说:"上回的事,真是抱歉啊!我情绪不好,才回来也不了解情况,就冲你那样,还害得你们吵架。周则兮给我下了最后通牒,让我务必在你们回来的时候,作为当事人,把我和他哥的事跟你解释清楚,他怕你心里硌硬。"

"没事的没事的,我们不是已经和好了嘛。"林宸摆摆手,她没想到周则兮还有这么较真的一面,有点不好意思,"况且这是你和大周叔叔的隐私,我也不是那么八卦的人。"

虽然作为编剧的本能,林宸还真是挺好奇的。

"别那么见外，"崔玥笑道，她朝前凑近了一点，对林莀扬眉，"反正早晚都是一家人嘛！"

哎？林莀一愣，认真想了想，接着猛点几下头。她心里乐开了花，那一瞬间，她对崔玥的好感度和亲密度直接呈指数增长。

老板端了咖啡过来，还送了她们两份精致的小蛋糕，笑道："今天多半是卖不掉了，送你们吧，也不浪费。对了，介意我放音乐吗？"

"你随意。"崔玥笑道。

林莀以为这位酷酷的小姐姐会放一些摇滚、重金属什么的，没想到竟然是一支钢琴曲，温柔又抒情，德彪西的《月光》。

之后，她便回到了吧台，捧着一本医学书看。

崔玥收回视线，嘴角不由自主地挂起了一抹淡淡的微笑："真巧。我第一次遇见则已，也是听着这首曲子。"

那是一个梧桐树繁盛的黄昏，夕阳的余晖洒在小洋楼上，十六岁的崔玥穿着一身纯白色的棉布吊带睡裙，叼着雪糕，小脚丫一晃一晃，半趴在二楼的窗户边，悠闲地看着路上正放学回家的同龄人。

高一开学已经三四天了，可崔玥一天也没去过。

理由是病假。

真正的理由是，天气太热，她懒得动。

反正爸妈常年在国外，天高皇帝远，管不着她！

楼下传来弟弟崔璨练钢琴的声音，弹的是德彪西的

《月光》，温柔抒情，缠绵婉转。可对于崔玥来说，这是不可忍受的噪音。崔璨的学校最近有开学演出，他每天一放学就练，崔玥听得耳朵都快起茧子了。

她揉了揉耳朵，光着脚从木楼梯上快步下去，敲了敲崔璨的三角钢琴："你能歇会儿吗，大艺术家？已经弹得出神入化了！顺便，吵死了！"

崔璨没有理她，一边弹一边道："如果你去上学，就不用忍受这些噪音了。"他看了眼挂钟，"看，快到你们晚自习时间了。"

崔玥翻了个白眼。

"你的病假只有七天，再不去，爸妈那儿我可就要兜不住了！"

崔玥笑了："假条的医生签名可是你仿写的，撇得开吗，我的好弟弟？"

崔璨手一抖，跳了一个音。

他继续弹："做人要厚道。"

崔玥无语，这语气，到底是弟弟还是爹呀？

她正要转身上楼，门铃忽然响了，不急不缓的两声门铃，然后安静等待，似乎是个沉稳内敛的人。

保姆阿姨正在花园浇花，很快，便笑呵呵地带着人进来："玥玥，你同学找你。"

崔玥一愣，她学都还没上，哪儿来的同学？

女孩子抬眼看去，崔璨也忍不住看了一眼。

来人是个十六七岁的少年，他规整地穿着校服，单肩挎着背包，站得笔直，看上去斯文干净，尤其那张脸，漂亮得不像话，轮廓清俊，皮肤比女孩子还白。

他朝保姆阿姨颔首致谢，优雅又有礼。

那个年纪的男孩子，大多沉浸在绿茵场和篮筐下，一身的活力，也一身的汗渍，灰扑扑的，惹人讨厌，而他却那么明朗清爽。在耳边回响的《月光》音符的包围下，他耀眼又温柔，像外文小说里的绅士。

崔玥愣住了，雪糕咬在嘴里，一动不动。

直到雪糕渍滴到脚丫上，她才一个激灵，猛地回过神来。

男孩子开口："崔玥同学你好，我叫周则已，是五班的班长。老师让我代表全班同学来慰问你的病情，顺便帮你把最近的课程补上。"他打量着崔玥，女孩子披着一头齐腰的长发，白白嫩嫩的光脚丫上，覆着一两滴草莓味的雪糕渍，俏皮又可爱。

周则已脸颊有些发红，他收回目光，接着道："看样子，你的病好得差不多了？"

崔玥尴尬地笑笑，三两口吃完雪糕，忙把棍子扔进垃圾桶，她嘴角还残留着奶奶的草莓味："发烧嘛，吃个雪糕，物理降温。周同学要来一根吗？"

周则已和一旁的崔璨都呆住了。

崔璨弹琴的手停下，忍不住在心里吐槽，咱爸妈是把智商全遗传给我了吧？

之后的几天，周则已都奉班主任之命，在晚自习的时间过来给崔玥补进度。

温柔的少年和任性的少女便这样一点一点熟识。

崔玥永远忘不了，周则已给她讲数学题的样子。她从未见过那样好脾气的人，眉眼温柔得就像窗外的月光。她问任何问题，少年都不会不耐烦，即使她故意做错题想惹他生气，即使她的问题无关作业，也无关学习……那时的她不明白，一个人为什么会有那么大的耐心。

崔玥没有从别人那里感受过，哪怕是她的父母，也是做不到的。他们会给予她和弟弟最好的物质条件，请最好的家教和保姆，可是对于时间、对于陪伴，他们却那么吝啬。

但周则已，这个陌生人，从没抱怨她占用他的晚自习时间。

十六岁的崔玥有一种错觉，周则已或许是月光派来的天使，可以一直陪着自己。

周则已依旧看着数学卷子，笔尖"沙沙"地写着几何题，而后在两点之间连上了一条辅助线。

崔玥冲他笑了笑，他也微笑回应。

有些情绪、心思来得静悄悄的，似是无痕，像春风般又轻又软，崔玥想，那时，或许只有窗外的月光知道他们的秘密。

狭小的咖啡店里，崔玥嘴角含笑，喝了口冰美式，看着林宸："那时候，我真的好依赖他。后来假条到期，我回到学校，依旧是张口'周则已'，闭口'周则已'，甚至还和他的同桌商量着换座位。不过他那个同桌太高冷了,根本就不搭理我。"

林宸愣了愣:"我要是没猜错,那位同桌,应该是叫'陈迦与'吧?"

崔玥:"你们认识?"

林宸无奈地说:"他是我小舅舅。"

崔玥惊了一下,转而笑起来:"真是巧啊,不过你小舅舅还算识趣,在我送了他一箱顶级英国红茶之后,果断地和我换了座位。只不过后来被老师发现,座位又被强制换了回去。"

林宸"扑哧"一笑。

"再后来呢?"林宸问。

"再后来啊……"崔玥思绪飘远,"大概,和所有那个年纪的孩子一样,教室操场,三年四季。"

平淡的日子里,他们带着懵懂度过了青春最好的时光。

咖啡店里的《月光》还在继续,崔玥接着说:"我是学美术的。毕业的时候,我申请了巴黎的卢浮宫大学,去学习策展。那时候他说,他想好好经营家里的博物馆'春山',到时候把策展大权交给我。我当时觉得我们简直是绝配!不过,也是从那时候起,我们见面的日子就屈指可数了。"

"所以,你们是从那时候开始的异地恋?啊不,异国恋?"

"也不算吧,当时还没说破呢。"崔玥道,"一年多以后,他和他父母一起去巴黎参加拍卖会。那天他拍下了一枚中古的玫瑰宝石胸针,当晚就在塞纳河畔跟我表白了。我们这才算正式在一起。"

"好浪漫啊!"林宸感慨。

时至今日,崔玥依然记得那夜的晚风、塞纳河的清波,和那枚似有香气的"玫瑰",还有那个比月光还温柔的男人。

"不过,"崔玥的神情转而变得晦暗,"不久之后,发生了一件让我们都很难过的事情。我想,周则兮应该跟你说过吧?"

林宸算了算时间,大致也猜到了。

她绷了绷嘴角,用试探的眼神看向崔玥:"是……他们父母的事吗?"

崔玥颔首。

那一年,周则兮十二岁,周则已也不过二十出头,他们的父母在一场车祸里双双意外身亡。可具体是怎么回事,林宸从来没有细问过,这是周则兮的伤疤,她不想贸然揭开,惹他难过。

崔玥继续说:"其实那场车祸,则已也在现场。"

林宸瞪大了眼睛。

崔玥看她的表情,就知道她对此事一无所知:"你别怪周则兮没告诉你,这件事的细节,我猜他也毫不知情。那时他太小,则已也没有勇气在他面前说起。

"不过,为了则已的病情,我觉得我得告诉你们。"

林宸捧着咖啡杯的手更紧绷了,她屏住呼吸,看着崔玥,一点也不敢打断。

崔玥接着道:"当年,他们从国外一座偏远的小村庄里收回一件流落海外的文物。你也见过,还闹了不小的误会。"

林宸一怔:"那一对花丝镶嵌的凤钗?"

崔玥点头:"据说,这是周家祖传的。后来因为打仗流落海外,从周家爷爷开始,就一直在找,直到这一辈人才找回来。当时他们带着凤钗回国,想给周则兮一个惊喜。可是……那天下了大雪,路面结了冰,在离开机场回家的路上,车子打滑,翻了好几圈,然后就燃起了熊熊烈火。叔叔阿姨为了保护则已,一人一边把他护在他们的怀抱里。最后的结果,你也知道……则已受了一点小烧伤,而叔叔阿姨……"

崔玥没有接着说下去,缓了好久,才道:"当时现场翻了好几辆车,伤亡也不止周家一家,现在网上应该都还能搜到相关的新闻。当时我也是看到新闻,才连夜从巴黎赶了回来。"

崔玥清楚地记得,她见到周则已的时候,他整个人像丢了魂一样,只木讷地坐在医院,一动不动,甚至连一个字都不愿意说。

她不知道他在想些什么,只能紧紧抱着他,陪着他。

也不知道过了多久,崔玥感到颈窝有些濡湿。周则已把头埋在她的颈窝,隐隐有啜泣的声音:"为什么……

我还活着……"

他的声音很轻也很模糊,转瞬即逝,可崔玥还是听得清清楚楚。

那时候,她以为这只是他伤心到极致而说出的胡话。毕竟,他那么阳光,那么温文尔雅,她相信,只要给他时间,他一定会走出来。

而之后的一段时间,周则已也确实表现得成熟又坚强。

他有条不紊地料理父母的后事,安抚好弟弟,又劝崔玥尽快回巴黎,不要耽误了学业。所有人都觉得,他又变回了那个阳光积极的周则已,所有人都为他开心。

回到巴黎后,崔玥和周则已依旧过着甜蜜又珍贵的异国恋日子。

直到最近几年,崔玥才意识到周则已越来越不对劲,时常拨不通的电话、视频时他莫名其妙的沉默,还有隔一段时间就会提出的分手……崔玥从没往他生病的方向想过,她以为是因为他们异地太久,见面的时间太少,很多事情没有办法及时沟通,才造成了这样的局面。

所以,她在不断地努力申请回国工作。

直到去年,她收到周则已最后一条分手信息后,他就彻底了无音讯。

"巴黎下雪了吧,结冰的塞纳河或许很美,但是……我们分手吧……"这句话莫名其妙,毫无逻辑,却在崔玥的心里烙印了整整一年。

崔玥叹了口气："这一年来，我回来了好多次，每一次都没有他的消息。即使我找到陈迦与，他也只是告诉我，周则已出了远门，不想见我。周则兮那里也是同样的说辞。那时我太伤心了，又生气，索性就待在巴黎不回来了。"

林莀问："那这一次是？"

"说来也是乌龙。"崔玥笑笑，"我们总公司终于批准了我回国的调令，本来想第一时间去看看我弟弟，给他个惊喜。没想到，一到医院就看见他和周则兮站在病房门口鬼鬼祟祟，嘀嘀咕咕的。这一下，不就瞒不住了吗？"

"原来是这样啊。"林莀捧着拿铁点点头。

崔玥也抿了一口咖啡，放凉的美式有点苦。

其实，她在巴黎的时候听说过"微笑抑郁症"，并不是不可以治疗的。

周则已只是病了，而她，会一直陪着他。正如那个夏天，他出现在小洋楼门口，那样纯粹地，不计得失地陪着她，成为她生命里最温柔的光芒。

她，也想重新把他点亮。

不知什么时候，周则兮已经来到咖啡店门口。

崔玥看见，叩了叩林莀的桌子："有人来接你咯。"

林莀一抬眼，就看见周则兮站在店外的梧桐树下，夏风拂过，吹起梧桐树的叶子，深深浅浅的影子在他身上摆动，他微微一笑，眼底的光，好像比夏天还要热烈。

林宸向崔玥告辞，便朝他跑去，一下扑进了他的怀里。

男人的怀抱很舒服也很温暖，带着梧桐树叶的清冽气息。她舍不得离开，只挽着他的胳臂，脑袋还靠在他的肩头，一边走，一边朝他肩头蹭蹭。

周则兮发现，林宸今天格外的黏人，像只温顺又乖巧的小奶猫。

他抬手揉揉她的小脑袋："看来，崔玥的解释，效果不错。"

林宸挽得更紧："我只是觉得，我们真的很幸运。没有意外，没有分隔千里，平平淡淡的，就是最好的日子了。我得珍惜。"

"其实，我真的挺感谢崔玥的。"周则兮道，"她让我明白，一个人如果固执地陷在自己的情绪里，是会对身边的人造成极大伤害的。你是没看见，当崔玥知道真相的时候，看见我哥一脸苍白地躺在病床上，她有多崩溃。当然，我哥是个病人，这不怪他。毕竟，情绪不是他能控制的事情。"

"但我，"他看向林宸，"如果那天，我能够坦诚地面对你，就不会惹你伤心，也不会有后面这些误会了。宸宸，那时候，我真的很害怕，怕你接受不了我的懦弱，怕你会就此离开我。"

林宸没有说话，只是蹭着他的胳膊摇了摇头。

周则兮笑了笑，接着道："看到崔玥和我哥，我才恍然大悟。离不离开是你的选择，而坦诚，是我必须要做的事。我不能绑架你的知情权,也不能绑架你的自由。这样的感情,才是最稳固、最长久的。"

林宸拉着周则兮的手,抬眼望向他。

男人的眼里仿佛盛满了星河,璀璨无比。

林宸想,这是她有生以来最美好的夏天,她愿意时间停留在这一刻,也愿意和他一起经历时光流逝,三餐四季,春夏秋冬。

剧本推理游戏峰会结束后,侦相的工作进入了一个短暂的轻松期。

可周则兮那头却越发忙碌。

一来,春山博物馆与侦相合作的剧本推理游戏剧本已经敲定,他需要花更多时间去介入后续的事情,比如实景场地的装修、布置,之后的宣传与推广……虽然有侦相的专业人员一起,但到底比剧本创作阶段要操更多的心,也要耗费更多的精力。

二来,崔玥回国工作,第一个策展项目就是希望与春山博物馆合作。这是当年周则已的承诺,也是崔玥十几年来的执念。而且周则兮和崔璨以及心理医生商量之后,他们也觉得,这件事对于周则已来说,或许是一次不错的正向刺激。

周则兮两头忙,整个人肉眼可见地疲惫了不少。林宸常去博物馆和实景剧本推理游戏那边看他,男人的眼下都已经有了淡淡的黑眼圈。稍有时间休息,他坐在办公室也能立马睡着。

林宸每回看到都心疼得不行。

侦相的同事们几乎都知道了林宸和周则兮谈恋爱的事,一传十,十传百,还总拿这事打趣她。最近公司组织去山上露营避暑,还特地问林宸要不要带家属一起。

林宸倒没有什么不好意思的,可是考虑到周则兮最近那么累,公司的露营一定会安排很多活动,还不如在家补觉呢!所以,她也就没告诉周则兮露营能带家属的事。

周一的时候,林宸收拾好装备,穿上一套白色的运动装,便和同事们一起坐大巴上山。

C市有"火炉"之称,夏天又长又热,上山避暑的人不在少数。一路上,排排绿树成荫,阳光隔着树叶的缝隙洒下。大大小小的汽车从眼前经过,越往山上走就越凉爽,到半山腰的时候,已经不需要开空调了。

侦相预订的露营基地在靠近山顶的一块草坪上,大家抵达的时候,已经有一大半的地方都搭了帐篷。要不是提前预订了,根本没有位置。

林宸扛着自己的小帐篷下车,伸了个懒腰。

山上的凉风吹来,她张开双臂,深吸了一口清新的空气。

的确比山下舒服多了,要是周则兮也在就好了。

林宸盘算着,等他忙完这段时间,周末就和他一起来这里避暑。晚上还能一起看星星,听说基地附近还有成片的萤火虫,星星点点的,而他们手牵着手漫步其间……她一时有点后悔没带上周则兮了。

第六章

爱情，是一场顿悟

"你想什么呢？"

乔乔不知道从哪里窜出来，看林莀发呆，拍了一下她的肩膀："你真是一天都离不开小周先生啊……现在就开始'才下眉头，却上心头'了？"

林莀被她吓了一跳，笑了笑："哪有这么矫情！我们搭帐篷去吧。"

"我都搭好了。"乔乔指着不远处自己的帐篷，规规整整、稳稳当当，她朝林莀扬了一下眉，"厉害吧？"

林莀打量几眼："'局长'，你还有这技能？"

乔乔得意地偷笑。

林莀打着小算盘，正要把自己的帐篷托付给她的时候,迎面走来了几个男生,冲她们挥手打招呼,其中一个男生笑道:"乔美女,还有没有需要帮忙的?"

他看上去高高大大的,是个阳光的运动型男,笑起来的时候,露出一排充满活力的大白牙。

乔乔也冲他笑笑,指着林宸的帐篷:"还有我朋友的,拜托啦,陆申!"她双手合十,笑容甜甜。

"他们是谁啊?你朋友?"林宸打量着麻溜干活的男生们,扯了扯乔乔的衣摆。

"刚认识的新朋友。"乔乔笑道,"他们是桌游主播,主要是玩狼人杀的,听说我们是剧本推理游戏公司,也算半个同行,我就邀请他们加入我们的团建啦!说不定后续还能有一些合作呢!况且,我们公司女生比较多,待会儿烧烤、洗菜什么的,有了男生的体力,大家一起合作,嗯……我就可以吃现成的啦!"

林宸竖起大拇指,你可真行!

几个男生很快就把林宸的帐篷搭好了,有个看上去比较害羞的男生被众人推过来,向林宸"汇报"。

林宸连声道谢。

那男生红着脸,笑着挠了挠头,一副学生模样:"没事没事,我叫袁仲。"

林宸愣了一下,这突如其来的自我介绍是怎么回事……她尴尬地笑笑:"哦哦,我叫林宸。谢谢啊。"

有了桌游主播们的加入,侦相的团建活动更热闹了。

主播们普遍健谈,干活也积极,经常逗得大家"哈哈"

大笑，还顺带科普了一些狼人杀的知识。

林莀想，下一个剧本推理游戏或许可以试着把狼人杀融入，做成机制阵营本。她越想越满意，一边聊一边搜集素材，话也多了起来。

天色渐渐暗下来，烧烤架上的肉"嗞嗞"冒出香气，陆申化身烧烤师傅，穿肉、抹油、撒料……看上去十分专业，听他说他家里以前就是开烤肉店的。乔乔蹲守在一旁，眼睛死死地盯着肉串，一副嗷嗷待哺的模样。

陆申看着她笑了笑，又看一眼空了的水桶，冲众人喊道："谁去小山泉打个水洗菜呗？"

林莀扫视了一圈，侦相的人似乎或多或少地都在帮忙打下手，好像只有自己聊狼人杀聊嗨了，拿着手机在记笔记。

她一时有点不好意思，忙过去提起水桶："我去吧！"

乔乔一面嚼着肉串，一面帮陆申递孜然："你怕不怕呀？天这么黑。"

林莀朝四周看了看。这里是专门修建的露营基地，所以一路上都有灯，而且今天是周末，露营的人很多，到处都是帐篷，应该没什么危险。

"没事的。"林莀笑笑，指着前面的小路，"是这个方向吧？"

有人过来端烤肉，顺口搭话："就是这边，你顺着这条石子路一直走，就能看到小山泉了。记得打瀑布上的活水啊，干净一些！"

"没问题！"林宸比了个"OK"的手势，拎着水桶就去了。

一路上，五颜六色的小帐篷格外可爱，不少人在自己的帐篷上挂了灯串，一闪一闪的，远远看去，像繁星落了满地。人们三五成群，有围坐在一起弹吉他的，有搭了幕布看电影的，也有打麻将的……整个露营基地此刻就像是一座世外的小村庄，充满了田园生活的美好气息。

林宸晃荡着空水桶，呼吸着山上的新鲜空气，不由自主地哼起歌来。

侦相的露营基地那头，袁仲挠了挠头，有点不好意思地凑到陆申旁边，压低声音，故作不经意地问："林宸她……去哪儿了啊？一转眼就不见了。"

陆申正烤着一串金针菇，旁边的乔乔吃得满嘴油，没注意他们在说些什么。

陆申笑了，看着袁仲摇了摇头，只觉孺子不可教也："就你这磨磨叽叽的，什么时候能追到妹子啊？"

袁仲一愣，摸摸鼻头："谁……谁说我要追她了？"

陆申一个白眼快要翻到天上，他们一起做狼人杀主播很多年了，袁仲这家伙，直播的时候是热情大方，什么话都敢说，可一旦到了现实生活里，他见了心动的女生都不敢上前，一说话就脸红，有时还结巴。

就比如今天，明明林宸是他非常心动的那种元气萌妹子，可这小子除了自我介绍，居然连话都不敢跟人家多说一句。

陆申只觉得带不动,心好累:"她去小山泉那边打水了,一个人。你要是真不想追,就千万别去帮人家提水,也千万别想做个护花使者!"

听着陆申阴阳怪气的话,袁仲皱了皱眉:"我就是去看看。"

说完,他朝小山泉的方向奔去,只是耳朵和脸颊都有点红。

乔乔在一旁吃得不亦乐乎,看到袁仲的背影,歪了歪头:"他急匆匆地去哪儿啊?"

陆申感慨道:"大概是孩子长大了,要寻找春天吧。"

乔乔一脸蒙:"什么意思?"

"他一听林莀一个人去打水,就追过去帮忙了。你说,我们要不要制造点机会让他们多接触接触?"

乔乔听到这话,一口牛肉包在嘴里,猛呛了几声:"咳!咳咳!"

她拍着自己的胸口,陆申也吓了一跳,忙给她开了瓶水。好一阵子,乔乔才缓过气来,说:"你可拉倒吧!你做月老之前好歹问我一句啊!人家林莀有男朋友的!"

"啊!"陆申满脸震惊,"我看你们公司其他人都带家属了,以为……"

乔乔扶额,这要被小周先生知道了,她是不是还有连带责任啊?那她还活不活了?剧本发行的事还指望着人家帮帮忙呢!

"等等!"陆申一个激灵,目光转向乔乔,"你不会也有男朋友吧？"

乔乔："我？倒没有。"

陆申舒了口气："那就好。"

乔乔："什么？"

"没事。"陆申笑了笑，露出一排阳光的大白牙，"我们快追过去吧，要是闹了乌龙可就尴尬了！"

乔乔猛点头，和陆申一起飞速朝小山泉去。

天色越来越黑了，林莀独自走在小石子路上，越往远走，四下就越安静，路灯和帐篷也越少。她抬头望去，天上只有零星几颗星星。

两边大树成排，密密麻麻的，黑压压一片。凉风吹过时，四周的树叶齐齐发出"沙沙"的响声，像极了小孩子的呜咽声。

林莀忍不住双手抱臂，忽然有点害怕。

她摩挲着手臂上的鸡皮疙瘩，谨慎地左看右看，不由自主地加快了脚步。

也不知道是不是幻觉，林莀总觉得身后有人在跟着她，她走快一些，后面的脚步声就跟着快；她走慢一些，身后的声音也随之慢下来。

她不敢回头，只希望快点到小山泉，打完水就溜。

可是怎么还不到啊？

不是说走几分钟路就到了吗？她怎么感觉自己走了都快半个小时了？

不会是迷路了吧……林莀的心猛地提起，小心翼翼地观察着四周的环境。

忽然，身后发出一声怪响，似乎是脚踩落叶的声音。

林莀一瞬回头，把水桶举在胸前保护自己："谁……谁？"

"林、林莀，"袁仲闻声，在不远处的树下回应，"是你吗？"

他刚才去了小山泉边，找了半天没找到林莀，有点担心，便想四处找找看。

没想到，他刚进旁边的树林，就听见了动静，天色太暗，手机电筒也照不清，远远看去，似乎是林莀。

林莀没敢回答，只是把水桶举得更高了些，又蹲下，在地上摸索着树枝，想用来防身。

"你要干什么？"听到那人前进的声响，她退后几步，"别……别过来啊！"

袁仲有点蒙，作为一个很少和女生接触的钢铁宅男，他现在超级紧张，根本没感受到对方的恐惧。

他挠了挠头，脸颊有点红："不干吗，就是想帮你打水，再……再问你点事。"

林莀："什……什么事？就在那儿说！"

袁仲想起陆申刚才跟自己说过的话，深吸一口气，仿佛用光了勇气，大声开口："林莀，你真的太可爱了！我……我……"

林莀瑟瑟发抖，又退后几步。

可爱？这大晚上的，不会遇到变态跟踪狂了吧？早知道就带周则兮来了,她现在真的无比需要他!

周则兮,你在哪里啊?

救命啊!

另一边,袁仲还在羞涩地继续:"我想问,你……你有……男朋友吗?如果没……"

话音未落,不远处传来清冷的男声:"她有。"

在层层树林的掩映下,那声音像来自天外,可它却掷地有声,强势得丝毫不容反驳。

林宸的心跳蓦地漏了一拍,所有的恐惧都在这一刻烟消云散。

那是林宸无比熟悉的声音,是她此刻最渴望的声音——周则兮来了!

周则兮从树林里出来,黯淡的星光下,他的身影显得朦胧而不真实。

可林宸知道,那不是幻觉,那是她的周则兮,是只要她一召唤,就会无条件出现在她面前的,让人安心的周则兮。

林宸一把扔掉水桶和树枝,以百米冲刺的速度,一下子扎进了他怀里。

周则兮被她冲得退后了两步。他紧紧抱住怀里的女孩子,抚摸着她的脑袋,像是给一只受惊的小猫咪顺毛。

林宸在他怀里蹭了蹭,委屈得不行,眼泪忽然就"啪嗒啪嗒"地掉:"你怎么才来呀!"

其实，在周则兮出现之前，林莀还坚信着自己可以保护自己，她强撑着斗志，已经准备和"变态跟踪狂"拼了。可他来了，带着一身星光，在暗夜里向她而来，她心里的委屈一下子就涌了上来，她也说不清楚是为什么，但她知道，周则兮就是她最好的定心丸。

袁仲看着相拥在一起的男女，一下子什么都明白了，他鼓起所有勇气，也只是做了一场无用功啊！他有些失落，又有些羞恼，憋红了脸，朝二人深深鞠了一躬："对……对不起，打扰了。"

说完，他快步走过去捡起林莀扔掉的水桶，麻溜地跑了。

毕竟水还是得打回去的。

袁仲来去匆匆，直到都看不见人影了，林莀还不知道那究竟是谁。

周则兮看了眼袁仲离开的方向，没有再理会。他摸着林莀的头发，又替她擦眼泪。林莀也早就忘记了那个"变态跟踪狂"的存在，只一心窝在周则兮怀里撒娇。

"不怕了，不怕了。"他像哄小孩子一样，"我不是来了吗？"

林莀的情绪这才慢慢缓和下来，抽泣了两声："不过，你怎么来了？"

"唉！"周则兮故作委屈，"女朋友团建不带我，我只好当个不速之客了。"

林莀噘嘴看着他。

周则兮笑了，捏捏她的嘴唇："我不放心你一个人在外面过夜，想着既然不能带家属，我自己来露营总可以吧？"男人凑近了几分，镜片后的眼睛凝视着林宸，有点玩味，"不过，旺仔跟我说，大家都带了家属，我没来他很遗憾呢！你遗憾吗，宸宸大编剧？"

林宸的脸颊"唰"地变红，瞬间绷紧。

刚才的余悸未平，现在她又忽然生出一种撒谎的罪恶感。

林宸垂下头，无处安放的手指在他的衣摆上抠，她小声嘟囔："人家不是想让你多休息嘛，都累瘦了！"

女孩一脸委屈巴巴，眨着一双大眼睛，睫毛像一把羽毛扇，直往他心尖上挠。

周则兮又是心疼，又是心动，他轻轻捏起女孩的下巴，她的眼角还挂着泪，楚楚可怜的模样，他俯下身，一个温热的吻落在她的眼角。

"不累了。"他贴着她的脸，语气温柔。

在见到林宸的那一刻，所有的疲惫都随风而逝，她就是他最好的能量糖。

林宸带着周则兮回到营地，向狼人杀的新朋友们介绍了他。

众人不出意料地跟着起哄。

旺仔："我说呢，林宸怎么去了这么久，原来是背着我们谈恋爱去了！哈哈哈！"

"才不是呢，师父！"林宸皱眉，拉着周则兮在草坪上坐下,神秘兮兮的,"你们不知道,刚才我遇见变态跟踪狂了,要不是周则兮正巧在,我还不知道有没有命回来见你们呢!"

旺仔:"什么?"

其余人也一脸惊讶。

尤其是妹子们,一个个瞬间神色紧张,面面相觑。

林宸看大家又害怕又好奇的表情,便开始绘声绘色地说起刚才的经历。

也不知道是不是出于编剧的本能,在她讲述的过程中免不了添油加醋、过度夸张,周则兮都听笑了。

袁仲正好在这时候提着水回来了,身后跟着在路上偶遇的陆申和乔乔。

袁仲有点尴尬,憋红了脸,也不知道自己怎么就莫名其妙被当成了"变态"。

林宸看见乔乔,又拉着她嘱咐了好多"晚上不要独自行动,不要走太远"之类的话。乔乔一一应下,回头看了看袁仲,差点没笑喷。

周则兮对林宸的话深以为然,点头附和:"所以,随身携带男朋友,是很有必要的。"

林宸一愣,转头看着他。

周则兮笑了笑,朝她鼻尖轻点了一下:"记住了!"

林宸看着男人的手,又细又长,骨节分明,像白玉雕琢而成,简直是一件艺术品。她一时看呆了,愣愣地点了点头。

众人围观"吃瓜",忍不住在旁边偷笑。

陪大家一起玩了两轮狼人杀之后,周则兮朝林宸使了个眼色,二人便悄悄退出人群,手牵着手往不远处的草坪漫步。

最近这些天,他们很少有这样悠闲的独处时光。

林宸抬头看着夜色,周则兮含笑看着她,二人渐渐远离人群,慢慢悠悠的,不知不觉就走到了小山泉边。

"原来是在这里啊!"林宸喃喃,脱了鞋袜就想去下游踩水。

周则兮一把拦住:"夜深了,当心着凉。"

"没事的。"林宸回头冲他咧嘴一笑,小跑两步奔向细细的溪流。

周则兮无奈地笑了笑,只好跟上去,坐在不远的草地上。

林宸踩着鹅卵石,沁凉的溪水从脚背上缓缓流过。在微弱的星光下,衬得女孩子的小脚丫越发白嫩。她踢出一片水花,衬着星光闪闪,像个不谙世事的孩子。

她光脚跑上草坪,在周则兮身边坐下,紧紧依偎着他。

"周则兮,你知道吗,"林宸靠在他的肩头,看着天边零散的星星,"我以前对恋爱的想象是很模糊的。我从小是小舅舅带大的,你也知道,他一直单身,而我的父母总是在很遥远的地方,我好像没有途径去观察一对伴侣究竟是什么样子。"

林宸笑了笑,继续说:"上了大学之后,我见了很多，触动最深的大概就是顾琳的那段婚姻了，轰轰烈烈，却来去匆匆。所以啊，后来我就告诉自己，默默嗑颜值就好了，谈恋爱太麻烦了，也不是很有意思。"她抬头看着他的眼睛，"可是，周则兮，你的出现，对我而言，是不一样的。"

周则兮也凝视着她，一种难以描述的激动在他胸腔中涌动。

他懂她的感受，因为他自己亦是如此。

从前的他沉浸在研究里，他觉得除了文物，世界上的一切都没什么意思。可是林莀突然闯进了他的生活，她是彩色的，是灵动的，是活生生的，他愿意用一切精力去了解她，靠近她。

那时他才发现，爱情无所谓有没有意思。

而是一个人的出现，会让你对生活有一种全新的理解，你会明白未来的路在哪里，然后与她相携而行。

爱情，其实是一场顿悟。

周则兮垂眸看着林莀，手指拨弄着女孩子的额发："莀莀，我也是。"

男人的声音很温柔，动作亦温柔，伴着泠泠的泉水，伴着丝丝的凉风。

旁边的树林中有萤火虫飞来，一只、两只、三只……越来越多，在他们周围闪烁，像一片坠落的星河。

林莀想，这就是最美好的日子了，无忧无虑，有光有你……

不知过了多久，林宸已然在周则兮的肩头熟睡。

周则兮不忍心叫醒她，用外套裹住她，横抱着回了营地。

侦相的同事们大多已经休息了，营地里只亮着昏暗的灯光。乔乔和陆申躲在旁边的树林里偷偷接吻，忽然听见动静，他们吓了一跳，忙缩在大树后，鬼鬼祟祟地探头。

只见周则兮抱着林宸，淡定地钻进帐篷。

大树后的乔乔和陆申面面相觑，乔乔摩挲着自己的下巴，心想：自己的进度还是慢了！

翌日，朝阳在林间升起，伴随着一两声不知名的鸟叫。

下山之后，周则兮又投入到了紧张的工作中。侦相接下了一个推理综艺的合作，作为剧本团队的核心成员，林宸也越发忙碌，吃饭都只来得及吃外卖，加班到深夜也是常有的事，连顾琳给她打电话，她都只能戴着耳机，一边码字一边说话，没有一只手空闲。

顾琳正在开车，听着蓝牙耳机里的键盘声："你这是接了多大的单子，忙成这样？要实现财务自由了？"

"那倒不至于。"林宸继续打字，"不过，这次的项目要是能火，我怎么着也能跻身小富婆行列吧！"

"苟富贵，勿相忘。"

林宸笑了笑："你怎么样，和易舟的事，心里还别扭着呢？"

一提起易舟，顾琳的脑子就成了一团乱麻。

对于易舟的热情，她接受也不是，不接受也不是，特别是最近,易舟好像发现了她的死穴,开始曲线救国。他不停地给顾琳介绍各种非遗大师,每一个都是国家级人才,能做大选题的那种,她是真舍不得拒绝啊!

今天,易舟还帮忙约了他师父——陶艺大师荣恪之做专访。

这可是顾琳约了好几年都约不上的大佬!

林宸听她久不说话,以为信号不好:"琳琳,你能听到吗?喂?"

"我在听,"顾琳应声,"刚才我只是在想一件事。"

"什么?"

顾琳冷哼一声:"诡计多端的男人!"

林宸挑眉一笑,怎么觉得好像信息量很大,又好像没有信息量呢?

顾琳一路飞驰,到达酒店时,易舟已经等在门口,满脸殷勤,他替她拉开车门,咧嘴一笑:"快走吧,我师父特别想见你!"

荣大师都已经等着了?

顾琳下意识加快脚步,高跟鞋"嗒嗒"作响:"想见我?"她边走边问,之前发了无数封邮件都约不到稿,怎么会想见她?

顾琳怀疑地看向易舟:"你……怎么跟荣大师介绍我的?"

易舟:"知名非遗杂志的大编辑啊!"他加重"大"

字的发音。

顾琳无语。

"咱快走吧！"易舟觍着笑脸催促，"这次我可是专程把我师父从B市请过来的，面访呢！机不可失，失不再来呀！"

"这倒是。"顾琳点点头，兴奋已经布满了她全身的神经，"谢了啊！"

说完，二人便一起进了电梯。今天酒店似乎还有举办婚礼的，不少人拿着请柬进来，热闹非凡。

顾琳："真是个好日子啊！"

易舟："真是好羡慕啊！"

顾琳无语。

荣恪之大师住在酒店三楼的普通大床房，出电梯时，顾琳还愣了一下："怎么不给大师订顶层套房？"她瞪着易舟，"我们杂志社可以报账的。"

顾琳觉得，这条件对于荣恪之这样的国宝级大师太委屈了，一时很过意不去。

易舟笑笑："我师父说他习惯了，一个人也住不了那么大，别白白浪费钱。咱们做非遗这一行的，大家都不容易，就别相互为难了。"

"果然是大师啊！德艺双馨。"顾琳心生敬佩。

说话间，二人已到了房间门口，易舟按了门铃，房门秒开，顾琳还惊了一下，好像荣大师就等在门边似的。

开门的是一个矮矮胖胖的小老头，穿着普通的短袖T

恤，拄着小拐棍，两撇八字胡显得俏皮又可爱。要是不说，根本没人能看出这是位国宝级的手工艺大师。

"师父！"易舟咧嘴笑道。

顾琳忙鞠躬："荣大师好！"

"小顾是吧？"荣恪之打量着顾琳，眉开眼笑，"快进来，快进来！这么俊的闺女，易舟这小子真是走了狗屎运了！"他说着，一拐棍打向易舟的小腿，"你小子珍惜啊！"

易舟只点着头"嘿嘿"笑。

顾琳听这话头有点不对，她正要自我介绍，没想到荣大师迈着灵活的老年小碎步，走到床边，从枕头下摸出一个厚厚的红包，一把塞到她手上。

"小顾啊，初次见面，拿好拿好。"荣大师笑得和蔼又慈祥。

顾琳一脸蒙，看看荣大师，又看看易舟。

"小顾，来来来，快坐！你想喝点什么？师父这里好茶不少！"他说着便去行李箱里翻茶叶。

顾琳看着这诡异的氛围，扯扯易舟的袖子，把他拉到一边，压低声音："你到底跟你师父说什么了？"

"呃……"易舟也没想到师父这么能发挥，眼看就要瞒不住，他摸摸鼻头，扯着嘴角笑了笑，"就是，跟他说……你是我……我未来老婆。"

说完，易舟忙站远一步，生怕顾琳这位跆拳道黑带选手一脚踢飞他的脑袋。

得，破案了！

顾琳深吸一口气，翻了个大白眼："我去向荣大师解释清楚。"

"别呀！"易舟一把拽住她，"老头子岁数大了不爱走动，我可是好不容易才把他忽悠过来的，你的专题不要了？你的稿子不要了？"

"忽悠？"顾琳更加无语。

荣恪之已经泡好茶，热情地邀请顾琳品尝："你俩说什么悄悄话呢？不差这一小会儿，茶凉了就不好喝了。"

"抱歉，荣大师。"顾琳手里还握着她精心准备的采访稿，她捏紧了些，深深鞠了一躬，"我想，易舟可能没跟您说清楚。我只是一家普通非遗杂志的普通编辑，您如果能接受我的采访，我会非常开心，也非常荣幸。不过，我和易舟的关系不是……不是他说的那样，我们目前只是朋友。所以，您不用因为这一点对我另眼相待。"说完，她把红包放回到酒店的桌子上。

荣恪之愣了一下，缓缓坐下后，摸了摸自己的两撇小胡子。

他看看易舟，又看看顾琳，转而笑道："知道，编辑嘛。我们可以开始采访了吗？"

顾琳有些吃惊："可……可以吗？"

荣恪之做了个请的手势，笑得慈爱："当然。"

顾琳有些受宠若惊，她整理了一下情绪，便开始今天的采访。

这次的采访提纲是她做得最细致的一回，除了对荣恪之本人和其作品进行了深入了解，连和他相关的人，她也准备了不少资料，甚至达到了可以分别出专访的程度。其中包括他的家人、朋友，还有徒弟……尤其是易舟这个最受宠的关门弟子。

虽然顾琳和易舟足够熟悉，可她还是拿出了专业态度，对他进行了深度采访。

顾琳发现，荣大师说起易舟，脸上的表情特别丰富。易舟很小的时候就拜了他当师父，跟着他学习陶瓷制作，可以说，易舟和荣恪之在一起的时间，比自己的父母还多。

"我的亲生孩子们都不太愿意来继承我这门手艺。我大儿子勉强学了几年，最后还是放弃了，转学了艺术设计。这也无可厚非，他们有选择他们事业的自由。可是易舟不同，他有天赋，有耐心，但更重要的是，他对这些器物有一颗赤子之心。这孩子，从来我这里开始，就没想过烧一件瓷器能赚多少钱。他问得最多的问题，是怎样烧好它们。这样的纯粹，是很难得的。"

他用小拐棍指着易舟，笑起来："小顾啊，你看他现在这不着四六的样子，很难想象他工作时是什么样吧？"

顾琳看向易舟，笑了笑。

其实不难。

易舟的内心并不像他表现得那么跳脱，他细腻而沉稳，否则，怎么会在这么轻的年纪就成为C市市立博物馆文保院独当一面的修复师呢？

顾琳也是非遗行业的人,她明白,要做到这些,是需要极大的毅力和信念的。

采访结束后,易舟送顾琳出去。到房门口时,她忽然顿住脚步,回身看着易舟:"你那个谎言,最好你再亲自给荣大师解释一下。我良心不安。"

"对不起啊。"易舟抱歉地挠挠头,"我想着,我是非你不娶的,所以就提前告诉师父了。当然,嫁不嫁是你的事,只不过,我内心是已经认定了的。这一点,我希望你能了解。至于你之前的顾虑,我的父母、长辈对你离婚的事的确很介意,之前是我考虑不周。不过你放心,前阵子我都已经说通了,他们不会再计较。只要你愿意和我在一起,我们之间是不会有障碍的。即便有,我也会解决,你不用担心。今天的事是我的错,我太操之过急了,没想到你会这么反感。下次……不会了。"

顾琳看着他,突然泛起一阵鼻酸。

一句"说通了",也不知道他私下费了多大的力气才做到。

她知道,改变长辈的观念是一件极其困难的事,甚至连她自己的父母,都觉得她离婚是一件难以启齿的事,更何况易舟的父母呢?

可是易舟,他做到了。

他那么轻描淡写地表述,却给了她最掷地有声的承诺。

顾琳有些动容,抿了抿唇:"给我些时间,我……

再想想吧。"

易舟欣喜地看着她，点点头。

"你别送我了。荣大师难得来，你多陪陪。"说完，她便挥手告辞。

易舟回到房间，还没反应过来，荣恪之的小拐棍就挥在了他的屁股上。

"你干吗呢，师父！"易舟捂着臀部。

有一说一，老头子老当益壮，打人是真疼。

荣恪之哼了一声，两撇八字胡跟着颤动："你回来干什么？送人家小顾去啊。事情还没敲定，你就敢说人家是你未来媳妇，你倒是去追啊！拿出行动行不行？"

易舟委屈巴巴地说："是她让我回来陪你的。"

荣恪之无语望苍天："谁要你陪了？赶快去把我徒弟的媳妇追到手！臭小子，我告诉你，小顾是个好姑娘，她问我的那些问题，一看就是做了好几年的功课，人家对非遗的心不比你差！这样的女孩子不多了！我可就认定她了，你要是追不到，我打断你的腿！"

最后，易舟在一通棍棒之下被赶出了房间。

另一边，顾琳下到一楼，去卫生间理了理头发，也顺便整了整思绪。易舟刚才的话简单又真诚，萦绕在她的脑子里，挥之不去。

"顾琳？"旁边忽然有人叫她。

顾琳转头看去，琢磨了一会儿，蓦地一惊："你是……何贝贝？"

"余树不会也请了你吧?真是心大啊!"何贝贝惊呼,"走走走,咱太久没见了,一会儿一定得多喝几杯。"

顾琳被她拽着往外走,一时还没反应过来发生了什么。

直到她们走到走廊尽头的宴会厅,门口的立牌印着浪漫的结婚照,新郎和新娘相拥在一起,笑得无比甜蜜。

上面写着:余树先生&莫叶女士,新婚大喜。

顾琳蓦地顿住脚步。

余树……这个遗忘了太久的名字,像上辈子的人。

"走啊!"何贝贝看顾琳愣住,硬要拖她进去。

事发突然,顾琳有些无措:"那个……你误会了,我只是有工作在这边,这会儿得回公司了。"

"都午饭点了,你回什么公司呀?就咱们大学同学一桌见个面,余树在台上又看不见你!"

顾琳无奈,尴尬地扯了扯嘴角:"这不合适。"

她说着就要走。

大学同学那桌离门口不远,有几个同学听见动静,一回头就看到了顾琳。

她还是跟以前一样,闪闪发光的大美女,放在人群中一眼就能看到。

几个好事者走过来:"顾大美人也来啦!"

"离了婚还能处成你们这样,真是典范了啊!"

最后,一桌人都拥了过来,围着顾琳,你一言我一语,弄得她连逃走都找不到缝隙。

顾琳一时只觉得脑子"嗡嗡"的，特别烦躁。

何贝贝挽上她的手臂："大家都这么热情了，你可不能不给面子哟！"

此时的顾琳只想翻个大白眼，她上学的时候也没得罪过这些人啊，怎么尽会给别人制造麻烦呢？

一桌人在门口拉拉扯扯，动静太大，好些宾客已经投来好奇的目光。

就连台上的新郎新娘似乎也朝这边瞧了瞧。

顾琳环视一圈，再这样下去，这场婚礼只怕就毁了。她和余树也没有什么深仇大恨，况且还有个无辜的新娘……将心比心，要是自己的婚礼遇到前妻砸场子，会硌硬一辈子吧！

顾琳叹了口气，不想闹出大动静，只好跟着同学们进去。她打算稍坐一会儿，再趁他们不注意，找个借口溜掉。

这段小插曲很快就平静下来，宾客们也没再关注这边，而是把专注和祝福的目光转向舞台上的新郎新娘。

婚礼现场布置成了海洋般梦幻的蓝色，点缀了雪白的热带鱼和水晶珊瑚，可爱的小花童捧着鲜花，笑容天真灿烂，加上温柔似水的灯光，一切都笼罩在浪漫的氛围里。

余树没有什么变化，他穿着一身定制西服站在台上，板正又绅士，对新娘说话时也轻声细语的，很是温和。

余树是一个追求简单的人，婚礼的流程也不复杂，很快就进入了给宾客敬酒的环节。

顾琳探头看了看,现在不走,更待何时!

她悄悄把椅子往后挪了一些,刚要起身,就被旁边的何贝贝一把按下:"你去哪儿?"

顾琳无语,心道:你是眼睛长我身上了吗?

她笑了笑:"卫生间。"

何贝贝:"不是才刚出来吗?"

顾琳沉默,大姐,我要是以前得罪过你,麻烦直说好吗?别这样整我呀!

"可不许走!"有同学笑着附和。

眼看又要闹起动静,顾琳的手机忽然振动起来。

何贝贝伸长脖子,瞥了一眼:"易舟是谁啊?看上去是个男的呢。"

一桌子同学立马竖起八卦的耳朵。

顾琳翻了个白眼,接起电话,语气不算太好:"喂。"

易舟愣了一下:"你这是在哪儿啊?听上去好吵。"

顾琳:"有话快说。"

"你还在酒店吧?我看你车还没开走。刚老头子把我撵了出来,说我不送你回去就不认我这个徒弟了。你看,要不要屈尊让我送一送?"

顾琳看了一圈好事的同学们,叹了口气:"那个,你要是没事,就来一楼宴会厅吧。"

"哈?"

顾琳叹了口气,说:"参加我前夫的婚礼。"

易舟呆住了,她前夫刚好在这里办婚礼?她还去参加了？

他想到顾琳在那样的场合下必然尴尬到爆，说不定还会撕起来，禁不住打了个寒战，拔腿就朝宴会厅跑。

哪承想，易舟还没赶到，新郎新娘的酒已经敬过来了。

一桌人齐刷刷地举起酒杯起身祝贺，只是余光免不了往顾琳和新婚夫妻身上瞟，总期待着发生什么"有趣"的故事。

顾琳咬着牙，恨不得挖个地缝钻进去，不请自来的是自己，最没有立场来的也是自己。

余树也愣住了，他着实没想到顾琳会出现在这里。

二人大眼瞪小眼，还是余树先开口："你也来了？"

他又转向新婚妻子："叶子，这就是……顾琳。"

莫叶举着酒杯，依然笑得端庄又优雅。刚才莫叶就察觉到氛围不太对劲，只是没想到她就是丈夫的前妻，果然是个倾国倾城的大美人。不过，看余树的反应，他并没有邀请她，而前妻女士似乎也来得不情不愿。

莫叶扫视一圈满桌的同学，一个个就差把"搞事情"写在脸上了。

她心里轻笑了一声，举起酒杯，朝顾琳的酒杯碰了一下："你能来送祝福，我和余树都很开心。"

酒杯相撞的声音清脆，顾琳愣了一下，看着莫叶温柔的笑容，也微笑："新婚快乐。"

一桌人看着两个冷静的女人，期待中的"扯头花"情节并没有上演，一时觉得很没意思。

"我也是偶然路过,看见这群同学,才进来送个祝福。"顾琳含笑道,"我公司还有事,就先告辞了。"

她暗自点点头,也算委婉地解释了自己出现在这里的原因,不至于让大家都下不来台。

说完,顾琳迅速逃出了宴会厅。

只是没走几步,余树和莫叶就追了出来。

"顾琳,"余树叫住她,"真是抱歉,我们没想到你会在这里,更没想到他们会把你硬拽进来,给你添麻烦了。"

旁边的莫叶也是一脸的歉意。

顾琳看着他们,笑了笑:"没事,都过去了。刚才的处理不是很好吗?让他们没笑话可看。"

莫叶点头:"我早就跟余树说过,他那帮同学不靠谱,让他少来往。可是我们一开始筹备婚礼的时候,他们就嚷嚷着要来。你也知道,余树是个老好人,架不住别人的'热情'!"她瞪了余树一眼,"现在你知道了吧!"

余树耸耸肩,表示认怂。

"余树!"大厅门口有余树的朋友拎着酒瓶喊他,"咱还没喝呢!"

余树:"马上!"

莫叶也回头看了一眼:"你快去吧,我送顾琳就好。"

余树看了看二人,点了一下头,便小跑着过去了。

他走后,莫叶转向顾琳:"你们那群大学同学,最开始就阴阳怪气的,说我和余树两个二婚的办什么婚礼!可这对于我们两个人来说,就是第一次啊,是独一无二的!"

顾琳蓦地一惊:"你也……"

莫叶笑笑:"不止,我还有个女儿呢!就是刚才台上的小花童,可爱吧?"

顾琳想起刚才台上的小女孩,五六岁的模样,一身白色公主裙,笑容开朗又可爱。

顾琳点点头表示赞同:"你真的很有勇气。余树能找到你,是他的福气。"

莫叶不好意思地笑了笑:"余树也很好啊!之前他跟我提起你的时候,没有说过任何诋毁和抱怨的话,还有你们的故事,他也一五一十地告诉我了。当时我就想,这是一个值得共度余生的男人。而对于故事里的你,我其实是很佩服的。"

顾琳看着她,有些不解。

她一个一家小破杂志的小破编辑,除了一张脸,有什么好"佩服"的?

莫叶一边送她往外走,一边道:"余树跟我说了,当初你希望投入更多精力在你的事业上,而余树希望你跟他一样,有更多的时间在家里。你们的节奏没有办法调和,最后矛盾越来越大,爱情也消磨殆尽,只好分开。你刚才说我很有勇气,其实在我看来,你才是更有勇气的那个。

"能毅然决然做自己,不委曲求全,并不是一件容易的事。尤其是这个社会,总是在不知不觉中要求女性柔顺、听话、懂事……仿佛这是理所当然,而离婚跟这一切自然是背道而驰的。可这份恶意和偏见都太大了。我的第一段婚姻,也是在这样的压迫之下结束的。

"所幸,我走出来了,遇到了余树,还知道了你的故事。我最终下定决心举办这场婚礼,也是从你那里汲取的力量。我们总得爱自己,让自己幸福,对不对?"

顾琳看着莫叶,她从没想过前夫的新婚妻子会和自己这样推心置腹地聊天。

这种经历很奇妙,之前的尴尬早已不复存在,她们更像是一对老朋友,了解彼此的困境,也给予彼此力量。

走廊的尽头,易舟忽然出现,气喘吁吁的,朝顾琳奔来。

"你还好吧?"易舟有些担心,看着旁边穿敬酒服的新娘,一时没明白她们为什么会这么和谐。

顾琳笑了笑,没有答话,只是看向莫叶:"你说得对,每个人都有追求幸福的权利。"

不管是男女老少、未婚的、离婚的……偏见,有时候或许只存在于自己的脑子里。

顾琳向前一步,一把牵住易舟的手。

男人因为刚才的狂奔,掌心有些薄汗,却很温暖。

顾琳展颜一笑,向莫叶介绍:"我男朋友,易舟。"

第七章

才下眉头，却上心头

易舟的心脏"怦怦"狂跳，过去好几天了，依旧不能平静。他总觉得那天的事不太真实，要么是自己的幻想，要么就是顾琳中邪了。

"老周，你说这是真的吗？顾琳真的接受我了？"易舟捧着手机，向周则兮求证。

电话另一头的周则兮无语望苍天："第五百八十三遍……"

"顾琳叫我男朋友，这是真的吗？"

周则兮懒得再跟这人废话，一把将电话挂断，开了静音。

另一头，顾琳也趁着午餐时间，老老实实地跟林宸汇报了恋爱进度。她已经很久没有过这样兴奋的感觉了。

林莀撑着头,看着满脸春心荡漾的顾琳:"所以说,促成你和易舟的最后一份力量,居然来自你前夫的现任?还真是完美诠释了 girls help girls(女孩帮助女孩)啊!"

顾琳点头如捣蒜:"是啊,莫叶人很好的,改天介绍你们认识。"

"好啊!"林莀笑起来,"不过,早知今日,当初何必让我和周则兮帮你们相亲?说不定你俩现在连孩子都打酱油了!"

顾琳扬眉:"那不是为了我好姐妹的大好姻缘吗?就冲这个,你还得请我吃顿大餐!"她想了想,"北区新开的唐风料理怎么样?"

"咳,咳咳……你还真是会宰我啊!"林莀喝着果汁,呛了两声,"等我这个项目做完,别说北区的唐风料理,我打飞的请你出国吃一圈都没问题!"

顾琳一惊,勺子停在唇边:"真的假的?"

林莀看了眼手机:"所以,我现在得赶紧回去码字了!期待着你的小富婆完美蜕变吧!"

说完,林莀笑着挥挥手,留顾琳一个人在餐厅细嚼慢咽。

回到公司后,她争分夺秒地码了一会儿新剧本的人设,就赶快跑去会议室开会了。

侦相最近的会很多,主要是关于新接的推理综艺。

剧本已经提交了一期，导演很满意，录制效果也非常好。参加综艺的艺人大多数私底下也是推理爱好者，都很兴奋。他们各种超常发挥，碰撞出了前所未有的火花。

这次导演过来，是又有了新的想法。

"好话我就不多说了。"导演是个二十来岁的年轻人，从不磨叽，喜欢就事论事，"第一期录制的效果虽然远远超出了我们的预期，但还是出现了一些小问题。比如，艺人对游戏形式不熟悉，有时候玩得很蒙圈，主线容易跑偏，我们也没有办法及时干预，还有搜证的环节，是不是考虑在后面的节目里逐渐增加难度，以防观众们审美疲劳？"

旺仔点头："这也是我最近在考虑的。您有什么好的想法吗？"

导演说："我在想，在正式录制之前，邀请一些专业人士作为玩家，增加一轮剧本测试。如果发现问题，我们及时在正式录制之前进行调整，怎么样？"

"这很好。"旺仔迟疑了一秒，"专业人士的话……剧本推理游戏编剧是最合适的，我们可以联系其他公司的编剧加入。但有一个问题，编剧们对剧本推理游戏的套路都非常了解，尤其是节目初期的本子，对于编剧来说，可能第一轮讨论就能投出凶手，只怕不会有太好的效果。"

导演皱眉，无奈地点点头。

他看向其余的人："大家有什么建议吗？"

一会议室的人你看看我，我看看你，飞速转动脑细胞。

有人提议："要不招募剧本推理游戏爱好者？"

旺仔摇头："专业性不够，很难指出剧本的问题。"

大家又陆续提了一些建议，但都不太令人满意。时间一点一点流逝，林宸左右看了看，想了一阵，才开口："师父，我倒是有些人选。"

旺仔眼睛一亮："你说。"

导演也投来期待的目光。

"其实，我觉得狼人杀主播还不错。"

众人齐刷刷看着林宸。

林宸继续说："我们的剧本推理游戏虽说是实景搜证，可本质上是一种桌游。桌游的鼻祖不就是狼人杀吗？它几乎是所有桌游的逻辑基点，包含了推理、博弈、投票……可它和剧本推理游戏的侧重点又不一样。我想，如果邀请他们来做测试的话，不会过于专业，也不会过于小白，说不定还会提出一些我们想不到的逻辑问题。而且据我所知，狼人杀虽然是小众游戏，可头部主播的粉丝并不少，这对于我们的宣传推广也是有好处的。"

导演耐心地听完，一下子来了精神："那你有合适的主播推荐吗？"

"说来也巧，上次我们公司团建时，恰好认识了几个。"林宸点开手机上的百度百科，投屏到幕布上，"陆申，网名'马陆牙子'，粉丝千万级，是狼人杀领域的顶级大神，最出名的技能是裸点四狼。袁仲，网名'我真不是大冤种'，粉丝八百万，是上一届"狼人杀京城大师赛"的冠军，人称国服第一'女巫',算是后起之秀……"

林莀介绍了好几个,其中还有不少女性大神,各有擅长,各有特色。

导演又是好奇又是兴奋:"这样吧,你们先帮忙联系好,我们嘉宾组的同事再一起谈细节,先试测一期。即使达不到最好的效果,我想,再做一个狼人杀或者桌游相关的衍生综艺,也不是不可以!"

导演当即拍板,会议愉快结束。

旺仔看向林莀,向她竖起了大拇指。

旁边的乔乔用手肘怼了怼她:"又有得忙咯!"

林莀看着她笑了笑:"你是不是可以边恋爱边工作啦?"

乔乔抿嘴笑,吐了一下舌头。

侦相很快联系好了陆申,陆申又帮忙联系了好几位资深的狼人杀主播,甚至还有已经退圈的初代大神。

剧本测试的时间定在了几天后,林莀也有参与这一期的剧本,免不了到现场跟进指导。如果是一些文字上的小问题,当场就可以修改。

一起在周家老宅吃晚餐的时候,周则兮听林莀说起,一方面为她高兴,一方面又感慨:"我这头忙得差不多了,你又要开始夜以继日了。"

"没办法嘛,"林莀摆弄着精致的碗筷,笑道,"谁让我们都那么厉害,公司离了我们都运转不了呢!"

周则兮"扑哧"一笑,伸手揉了揉林莀的脑袋。

林莀也凑上去，靠着男人的颈窝蹭了蹭。

最近，她很喜欢下班后来老宅和周则兮待在一起。她写剧本，他写着论文或者鉴定记录，有时一抬头，二人的目光交汇，只相视一笑，便觉幸福满满。

夏夜的风吹过古老的院子，灯火悠悠，竹叶簌簌，一切都是那么美好。

剧本测试当天，林莀很早就到了现场，和道具组一起商量证据的摆放、向嘉宾们阐述剧本的世界观、强调游戏流程、和造型师沟通每个角色的造型调整……一直忙到傍晚，他们才开始正式的试录制。

由于人手不够，林莀还充当了一回报告"死讯"的NPC。

之后，她便捧了杯热奶茶，坐在角落，默默观察着游戏的进展，并做好记录。

狼人杀主播们的逻辑性很强，对于游戏上手也很快。加上他们长期一起玩狼人杀，彼此都非常熟悉，很放得开。搜证的时候，集中讨论的环节更是笑点频出。

林莀边憋着笑边记录游戏的细节。

乔乔走到她身边，喃喃道："我怎么觉得，他们比正片还搞笑？"

林莀"扑哧"一声笑了出来："你看导演笑成那样，狼人杀综艺只怕是跑不掉了！就等着你男朋友涨粉吧！"

乔乔朝陆申看去。

此时，他正穿着草裙，扭动着腰，狂跳草裙舞。

导演似乎听到了她们的话，回过头来，眼角还挂着笑出的眼泪："我跟你们说，不止狼人杀综艺。就这次测试，我也得先剪一期彩蛋出来，实在是太好笑了！哈哈哈！待会儿我就把小视频发给下一期的嘉宾们，让他们好好参考参考。"

等测试录制完，天已经快亮了。

只是录影棚太封闭，大家又沉浸在工作中，根本没人察觉。

林莀伸了个懒腰，起身活动了一下筋骨，最后又和导演组核对了一遍需要调整的细节，才算完事。

乔乔已经累得不行了，整个人挂在陆申身上："饿死了！林莀，要不要一起去吃早饭？"

林莀耷拉着沉重的眼皮："我还是想先回去补个觉。"

乔乔无力地挥挥手："那我们先走咯。"

林莀点头，在道具沙发上窝了一阵，恢复了一点精神，才走出录影棚。

"莀莀。"

忽然听见有人唤她，林莀没精打采地抬头，就看见周则兮倚在录影棚的门边，单手插在裤兜里，含笑看着她。

熹微的晨光透过窗户照进来，照在男人身上，温暖而温柔。

他走向她，在她还没反应过来的时候，将她一把横抱而起，再扶着她的头，靠上自己的肩膀："睡吧。"

也许是因为太困,也许是在他怀里很安心,林莀没问他为什么会出现在这里,也没想过这样被抱出去会不会引人注目。

她只是蹭着他的颈窝,嗅着他的气息,沉沉睡了过去。

不知道睡了多久,林莀醒来的时候阳光已经是金灿灿的了。他们坐在车子后排,周则兮依然抱着她,时不时替她顺毛,眉眼含笑,又伸出手替她挡太阳,像在哄一个小婴儿。

林莀揉了揉眼睛,在他怀里蹭蹭:"周则兮,你怎么来了啊?"

女孩子囫囵说着,显然还没睡醒。

周则兮轻轻理了理她的额发:"还要再睡会儿吗?"

林莀摇摇头,深吸一口气,想让自己更清醒些。

"昨天晚上我就想来接你的,没想到你们熬了个通宵。我又不敢打扰你工作,只好在摄影棚外面一直等着咯!"男人故作委屈。

林莀一愣,一下子从他怀里弹起:"你岂不是……也熬了一夜?"

"是啊。"周则兮笑着揉了揉她的脑袋,"不过还好,我找道具组借了把椅子,在门外打了一会儿盹儿,状态还行。我又不像你,觉那么多!"

林莀鼓着腮帮,瞪着他,她哪有这么嗜睡!

周则兮笑着耸耸肩,只觉得女孩子无比可爱,像只圆滚滚的小河豚。

林莀也笑了，一下子扑到他怀里，双臂搂着他的脖颈，忽然朝他脸颊亲了一下："周则兮，你真好。"

男人被她突如其来的热情惊了一下。

女孩子的嘴唇软软的，绵绵的，带着刚睡醒的温度和她特有的气息，冲得他气息上涌，脑子发昏。

周则兮看向她，食指推了推眼镜。

林莀才睡醒，小脸红扑扑的，像一颗红红的苹果，让人忍不住要咬上一口。

周则兮渐渐靠近，勾住她的细腰，在她的嘴唇上落下一个热烈又缠绵的吻。热吻在她的唇齿间辗转，两人气息交织……一时间，天旋地转，仿佛整个世界只剩下他们两人。

似乎过了很久，周则兮才舍得把林莀放开。

林莀微微喘息，脸颊更红了。她的两片唇瓣一张一合，像颗鲜艳欲滴的樱桃。周则兮没忍住，又朝她的唇瓣轻啄了一下。

林莀看着他，抿了抿唇："周则兮，臭流氓！"

周则兮镜片后的眼神深邃又撩人。

"不过我喜欢。"她扬眉一笑。

周则兮也笑起来："对了，有件事得跟你说。你小舅舅让我们今天晚上上山吃饭，昨天他打你电话没打通，就跟我说了。"

林莀摸出手机，这才发现有两个陈迦与的未接来电。

当时因为录制，手机关了静音，之后她工作太投入，直到下班也没再看过手机。

"什么事啊？感觉挺郑重的。"林宸嘟囔。

"的确。"周则兮点点头，"你父母回来了。"

林宸一瞬间睁大了眼睛。

她的父母都是《国家地理》杂志的野生动物摄影师，已经两年没回过C市了。据她所知，他们这会儿应该在非洲拍斑马的大迁徙，怎么会回来呢？而且还不告诉她！

林宸摸着下巴："别是我小舅舅忽悠你的吧？"

"咱们回去看看不就知道了。"周则兮道，"而且，你都见过我哥了，我也是时候该见一见叔叔阿姨了，对不对？"

他一面说，一面自顾自地点头，似乎对见家长的事早已经过了深思熟虑。

林宸看着他。

怎么觉得周则兮越来越不要脸了呢？

二人回到周家老宅，林宸又睡了一下午，才和周则兮一起驱车往近云山上去。

周则兮特意打扮过了，板正的中式衬衣、一丝不苟的头发、锃亮的皮鞋……到陈迦与家门口的时候，他深吸了一口气，整个人肉眼可见地紧张了许多。

林宸看着他手上大包小包的礼盒，皱了皱眉："你什么时候准备的，我都不知道。"

周则兮冲她笑了笑："家里的小东西，逗叔叔阿姨开心。"

林宸憋笑，正要用指纹开门，却被周则兮拦住了："好歹是第一次正式拜访，我们还是按门铃吧。"

林宸扶额："又不是不熟。"

不过看着周则兮紧张的样子，她还是按了门铃。

毕竟，神经紧张的男人也是需要安抚的。

门铃响起。不一会儿，大门缓缓开了一条缝。二人正要进去，忽然，两颗斑马头从门缝中钻出来，摇来晃去的，伴随着几声不伦不类的马鸣。

林宸被吓得猛退几步，周则兮忙把她护在身后。

"Surprise（惊喜）！"斑马头摘下，露出林宸爸爸妈妈的脸。

林宸仔细一看，那斑马头居然是仿真头套，父母笑得无比开心，看上去对这次整蛊行动十分满意。

周则兮也看蒙了，他从来没见过这种操作。

还没等二人反应过来，林父林母又冲出来，一齐给林宸一个大熊抱，还一人一边朝她脸颊亲了一口。

"乖女儿，两年不见，有没有想爸爸妈妈呀？"二人眨着眼，满脸期待地看着林宸。

林宸"呵呵"地笑了两声，本来就不多的"思念"，都被你们吓没了！

"你们回来怎么也不跟我说一声？"

"这不是想给你个惊喜吗？"林父指着斑马头，得意地拍拍胸脯，"我的主意，怎么样？这两颗头可是你妈找了好久才找到的,非洲原住民纯手工打造,放眼全球都没有比这更逼真的了!"

他把一颗斑马头大方地塞到林莀怀里:"送你了!"

"还有你。"他又塞了另一颗给周则兮,"这就是则兮吧!我们可是听迦与说起,专程回来看你的!真帅啊,莀莀赚翻了!"

林母在一旁点头如捣蒜。

周则兮抱着斑马头,迅速压制下震惊的表情,笑道:"谢谢叔叔,谢谢阿姨,这个礼物太珍贵,我太喜欢了。你们放心,我一定会好好保存,回去就把它放在我们家博物馆的 C 位!"

"真的吗?"林父林母是肉眼可见的兴奋,"则兮人长得比莀莀好看,眼睛也比莀莀识货呢!果然是顶级的收藏家啊!"

二人忙拉着周则兮进屋,不停地问东问西,又和他说起最近在非洲拍的角马、羚羊……亲热得不行!

林莀扶额,周则兮什么时候变得这么狗腿了?

陈迦与还在厨房做饭,他一向对姐姐和姐夫这种神经大条的性格颇无语,现在更懒得理会外面的喧嚣了。

林莀看着被父母拽住的周则兮,摇了摇头,溜到厨房去找陈迦与。

"小舅舅,"林莀偷吃了一块卤牛肉,"他们不会也送你斑马头了吧?"

"那倒没有,"陈迦与在切秋葵,回答她,"是豹子头。"

他想了想，又补了句，"工艺更复杂。"

林宸一时沉默。

她和陈迦与都回头看了一眼。

客厅里的三位相聊甚欢，周则兮拿出自己准备的礼物，一个宋代天青色的茶盏和一枚明代镏金红宝石簪子改的胸针。

陈迦与冷哼一声："以前没看出来，周则兮这小子这么有心机呢！"

那个茶盏，陈迦与眼红好久了，由于太贵重，他一直没好意思跟周则兮开口。没想到，周则兮倒大方，反手就送给了未来老丈人！

"话也不能这么说嘛！"林宸噘嘴。

虽然周则兮今天的表现是有点见人说人话，见鬼说鬼话，不过，这不都是为了他俩的美好未来吗？

陈迦与戳了一下小外甥女的脑门，摇摇头："一家子胳膊肘往外拐！"

林宸吐了一下舌头。

周则兮哄好林父林母，也进厨房来帮忙了："迦与哥，我来吧。"

他接过炒菜的勺子，又冲林宸笑了笑，另一只手揉揉她的头发。

林宸也回给他一个甜甜的微笑。

陈迦与站在一旁，忽然感受到了情侣的暴击，这里一对，客厅一对。

他打了个寒战，向周则兮阴阳怪气道："莀莀的爸妈，还挺好收买的吧？亏你舍得！"

周则兮笑了笑："迦与哥是懂茶具的。对了，"他凑近一些，"我新拍了一件汝窑茶盏，比刚才送林叔叔的那个成色更好，还请迦与哥笑纳？"

陈迦与眼神一亮，很快又故作矜持地把表情压下来："算你小子懂事！"

林莀看着他们，"扑哧"一笑。

得！今天周则兮大获全胜，自家全军覆没！

晚餐的时候，因为有林父林母，明明才五个人，却显得异常热闹，跟过年似的。

直到夜里回房，林莀想着刚才的热闹，都还是睡不着。

她走上露台，想活动活动筋骨，一转头就看见周则兮也站在露台上，正捧着一杯热腾腾的玫瑰花茶。

在月光的映衬下，他的轮廓显得更加清冷明晰，像天边的谪仙。

周则兮也转头看她。

他们上一次这样面对着面，还是半年前，他借宿在这里，遇到了这位帮人相亲，又掉了马甲的姑娘。

周则兮记得，那是个雨夜。

那时的他还不知道，眼前的姑娘将会是他一生的伴侣。他只记得，那夜的雨声喧闹，她盯着他看了好久，他的心跳很乱。

从此，她就印在了他的心上，朝朝暮暮，挥之不去。

林莀似乎也想起了那一夜，她望着天上的繁星，山上的星空格外明亮："时间过得真快。"

周则兮抬手推了推眼镜，走上前去，隔着露台的栏杆，握住她的手。

"时间真快，时间也真好。"男人凝视着看星星的女孩子，"它把暴雨带走，把你留在了我身边。"

林莀含笑，也转头看向他。

男人的面相太完美，林莀凝视着周则兮，忽然有点把持不住，刚想一口亲上去，房门忽然被敲响。

"莀莀，睡了吗？"是林母的声音。

林莀向前倾的身体一瞬顿住，姿势奇怪。

"去吧，"周则兮看着她的模样笑了笑，"来日方长。"男人的笑意味深长，他揉揉她的小脑袋，转身回了自己房间。

林莀望着他背影，心中只有一句话在不停地闪烁：煮熟的鸭子，飞了！

她叹了口气，转身去给妈妈开门。

林母穿着睡衣，头发绾起，抱着个非洲野犬的大抱枕，看上去像个小女生，并不像当妈二十几年的人。

她冲林莀咧嘴一笑："我这么晚来找你，没影响到你们小情侣办私事儿吧？"

林莀小脸一红，拉着妈妈往里走："哎呀，没有啦！不过，你们不倒时差吗？这么晚还过来。"

"妈妈想你呀！"林母挽着林宸往里走，一溜烟钻进女儿的被窝，"今天让你老爸独守空房！"

林宸笑了笑："他也舍得啊？"

自她记事以来，她就知道，爸爸是个不折不扣的黏人精，当然，只是对妈妈。

听小舅舅说，爸爸年轻的时候本来是个爱自由的独立摄影师，为了追妈妈，才入职到妈妈的单位。二人之后一起出差，一起拍摄，一起环游世界……有次在印度拍摄亚洲狮时，还一起经历了生死。也就是从那时候起，妈妈决定和爸爸结婚，共度一生。

林母笑了笑："我也舍不得女儿呀！"

林宸也爬上床，笑道："舍不得还走？一年见一面都费劲！"

林母看向林宸，摸了摸她的头，两年不见，女儿的变化其实不小。发型变了，穿衣风格变了，连说话做事，也变得和以前有些不同了。

两年前，她还是个初入职场，有些迷茫的小姑娘，现在她却已经成了一名真正的剧本推理游戏编剧。在非洲的时候，林母和林父经常刷关于女儿的新闻，有时还有温和的野生动物凑上来一起看。

他们觉得特别骄傲。

只是可惜，不能亲眼见证她成长的过程。

在林父林母眼里，林宸好像从来没有慢慢长大过，他们每次回来，她都有一种阶梯式的变化。令人惊喜的同时，也难免有些遗憾。

林母一时有些心疼,看着女儿好一阵子,才开口:"莀莀,老实说,你有没有怪过爸爸妈妈?"

林莀一愣:"什么?"

"没有陪伴在你身边,缺席你的童年和青春。"

林莀想了想,许久没有说话,她双手抱膝,把头放在膝盖上,侧头看着妈妈:"要说没有,其实挺假的。"

小时候,所有同学开家长会都是爸爸妈妈来,只有她,是小舅舅。

可那时候,小舅舅也只是一个大学生啊,林莀难免被同学们嘲笑。

还有去游乐园的时候,她看着别的小朋友,一手牵着妈妈,一手牵着爸爸,羡慕得不得了。她好像也是从那时候起,渐渐地就不爱去游乐园了,她只是和小舅舅待在近云山上,自己写一些小故事。

故事里有妈妈,有爸爸,有没人缺席的家长会,有一家三口的游乐园……可小林莀心里明白,那不是她自己的故事。

她偏头看向身边的妈妈。

她与两年前相比,也变了。长期的野外生活让她的皮肤一年比一年黑,一年比一年粗糙,可是她的眼睛,却一年比一年有光芒。

林莀靠向妈妈的怀里:"但你们也给了我另一种人生体验啊!比起一直陪伴在我身边,我更希望你们成为你们想要成为的人,追求你们自己的理想。你们是彼此的伴侣,是野生动物摄影师,而不只是我的父母。"

林宸的确会羡慕其他小朋友有父母天天陪伴在身边。

可是她更忘不了,说起父母的职业时,她可以很自豪地告诉大家,他们是野生动物摄影师。他们用镜头让林宸看到了更大、更多姿多彩的世界。非洲的雄狮、澳洲的考拉、美洲的豹子,还有彼岸的大海、热带的雨林、远方的荒野……父母的镜头,是林宸看世界的眼睛,也是她自由灵魂的启蒙。

林宸又向妈妈靠近了些:"如果你们为了我,放弃了自己的生活与梦想,我想,不论是你们,还是我自己,都不会快乐的。你们会充满牺牲感,而我也会充满愧疚感,这种生活太窒息了,我不喜欢,也完全没有必要!"

人生而独立,先做好自己,才是你们留给我最宝贵的财富。

林母看着林宸,心里有一种说不出来的感动。

今夜,女儿给了他们最深刻的理解与包容,她好像一夜之间长大了,而他们的生命,也似乎更加完整了。

她抚摸着女儿的长发:"谢谢你,宸宸。"

天边的月亮照着窗外的梧桐,夜风吹过,光影稀疏。

"对了,"林宸抬头看向妈妈,"你们这次打算待多久呢?我和周则今可以带你们四处逛逛,C市这两年的变化挺大的。还有,我俩一起做的剧本推理游戏项目也快落成了,到时候你们一起来玩呀!"

林母笑了笑:"不着急。"

林宸眨了眨眼睛:"嗯?"

"不走了。这次回来,就不走了,我们有的是时间。"

林宸一愣,这个消息太突然,她有些惊讶:"你们……不拍了吗?"

"拍啊!"林母笑起来,眉眼弯弯,大概是长久的野外生活让她很少接触复杂的人类,她的眼睛里透着一股不属于她这个年纪的天真,她接着道,"我和你爸爸都到了快退休的年纪,拍遍了外面的奇珍异兽、浩瀚世界,现在觉得,身边的风景也同样值得记录啊!"

梧桐树上的雨滴、街边扑腾的蝴蝶、公园半开的荷花、彼此脸上的皱纹……这一桩桩,一件件,和东非角马大迁徙、极地壮阔的北极光一样,都是触动心灵的美好瞬间,都值得他们去拍摄。

值得被看见。

当然,还有身边的人,林宸、陈迦与,以及新加入的周则兮……他们都那么有意思,对于林父林母来说,新奇又温暖。

林宸听完妈妈的话,紧紧抱住了她。

后来,她跟周则兮聊起这件事,周则兮对林父林母更是刮目相看。

能坚守本心,随时选择遵从自己内心的生活方式,这不是一般人能做到的。也难怪,林宸会那么自由洒脱,不拘一格。

下山之后，林宸继续投入到紧张的综艺项目中。

录制到第六期时，第一期节目正式上线播出，这种演绎加推理的形式很新颖，一经播出，就直接登顶热搜，网友们对"谁是凶手"的讨论异常激烈。节目里的嘉宾凭借着精彩的推理、频出的笑点和精湛的演技纷纷出圈，热度越来越高。

第二期节目播出后，狼人杀主播们的剧本测试也被导演剪成小视频放到了网上。

一时间，网友们纷纷嚷嚷着出衍生综艺。主播们的精彩表现让人惊讶，连林宸这个呆萌的临时NPC也贡献了不少笑点。

有资深的剧本推理游戏爱好者认出她，弹幕刷得疯狂。

△这不是小橙子吗？

△科普：那个喝奶茶进医院的编剧！哈哈哈！

△道具组快给小橙子上奶茶！

林宸和周则兮一起窝在沙发里看节目，看到关于自己的弹幕时，她皱了皱眉："我被抓壮丁当NPC和我喝奶茶住院究竟有什么关系啊！"

屏幕里的林宸表情夸张地喊着"死人啦""快来看呀"，一脸兴奋，演技又尴尬又努力。

周则兮憋着笑，手指有一搭没一搭地拨弄着她的头发："挺可爱的，不是吗？"

林宸转头看向他，噘起小嘴。

这里的"可爱"是一个褒义词吗？

导演组也注意到了关于林宸的弹幕，他们着实没想到，一个长期在幕后码字的剧本推理游戏编剧居然能出圈，带来这么好的效果，于是导演忙跟侦相商量，想让林宸作为正片节目的NPC参与录制，同时邀请她加入到新的衍生综艺的嘉宾团。

林宸也找不到什么理由拒绝，对于她来说，新的衍生综艺就是测试本子，本来就是平时的工作之一，况且还能多赚一份出场费，何乐而不为？

只是这样一来，她就更忙了。

周则兮只好随时接送，趁她有空的时间和她在一起，全程配合着林宸的时间。

一来二去，节目组的人也都认识周则兮了。但他们之前没关注过行业峰会，大多数人不明真相，看他天天陪着女朋友，好像不用工作似的，众人疑惑，这男的不会要靠小橙子养吧？难怪小橙子最近这么拼，原来是遇到了不靠谱的男朋友啊！

一时间，谣言在摄制组里传开……林宸一心扑在录制和剧本上，完全不知道这个八卦，况且这种事太过私密，大家聊起来也都是瞒着林宸。

可周则兮长期在摄制组出入，渐渐察觉出大家看他的眼神有些不大对劲。

前几天，有个道具组的小哥搬着道具零食经过，还冲他说:"真羡慕你能找到这么好的女朋友,你这日子多好,不像我们天天累死累活的!唉!不上班就是爽!"

周则兮有点蒙,但稍微一琢磨,也就明白过来了。

吃晚饭的时候,周则兮当个笑话跟林宸说起。

林宸听后,惊得眼珠子都快掉出来了,她呆愣愣地捧着碗,握着筷子:"不是吧?过于离谱了!"

她干笑了两声,转头看了一圈周则兮家里的摆件、家具,样样是珍品,件件是古董,喃喃道:"我就算从秦朝开始写剧本,都养不起你吧……"

"那我不得从秦朝就开始等你忙完?"周则兮摇摇头,揉揉林宸的脑袋,"不过,接下来你应该不会这么忙了吧?我记得你前几天交了收官之夜的剧本,应该可以歇一歇了。"

最近林宸手头有两个综艺,加上日常剧本,她连吃饭睡觉的时间都是挤出来的,人累瘦了一大圈,看得周则兮心疼不已,只能变着花样给她做好吃的。

况且,最近周则兮自己在家时,总有种独守空房的感觉。

节目组没有周末的概念,林宸一天也离不开,周则兮偶尔看到街上的情侣出双入对、说说笑笑时,他就嫉妒得不行!

更可恶的是,易舟自从和顾琳在一起后,几乎每天都在发秀恩爱的朋友圈。今天吃了这个,明天玩了那个,后天又准备去哪里约会……周则兮看得很是烦躁,每回都故意点个赞,再取消,以示抗议!

可他能怎么办呢?总不能天天去林宸工作的地方守着吧?

林宸看向周则兮,男人委屈巴巴的模样,她双手捧起他的脸,揉了两下:"抱歉啊!这个节目虽然告一段落,可是那个衍生综艺还得再录制几期。你自己待在家里要乖乖的哟!等我忙完这阵子,一定好好补偿你。"

说完,她又轻轻拍了拍周则兮的头,像安慰小朋友似的。

周则兮被她逗笑了:"看来,我只能在家里好好做家务,好好做饭,当个称职的'男朋友'咯!"

他推了推眼镜,故作委屈地耸耸肩。

林宸看着他。

男人一如既往的好看,镜片后的眼神深邃又温柔,她喉头不由得咽了咽。

"周则兮,"她双臂搭上男人的肩膀,仰头和他对视,"你知道'男朋友'真正的义务是什么吗?"

女孩眨巴着眼睛,天真的外表下,却说出那么勾人的话。

看来,她"小妖精"的本质总会时不时窜出来,扰人心神。

周则兮镜片后的眸子沉了沉,嘴角勾起一个不易察觉的弧度。他一只手搂上林宸的腰,渐渐靠近,嘴唇贴着她的耳垂。

他的气息扫过林宸的耳根,林宸只觉得耳后湿湿的、麻麻的、痒痒的,却又那么舒服,让人忍不住想要更多。她不知道,自己的耳垂此时已经红得像一颗熟透的樱桃,圆圆的、甜甜的,叫人心猿意马。

她不知道周则兮想要干什么,只僵着身子不敢动,可是她心底又无比期待着。

一时间,潮红从耳根蔓延到脸颊,盈盈可爱。

周则兮笑了笑,在林宸还没反应过来的时候,轻咬了一下她的耳垂。

林宸感到一阵轻微的刺痛,像一阵电流通过她的身体直击她的心尖。这是一种从未有过的感觉,像是在粉红色的云朵里翱翔,又像是在波澜温柔的海底畅游。

林宸舔了舔发干的嘴唇,搂着他脖颈的手收得更紧了。

她微微喘着气:"周则兮……"

女孩子的声音很轻,也很柔,像一片羽毛挠着男人的五脏六腑,整个人都酥掉了,融化了。

一时间,万物皆不在怀,天地之间唯余他们二人……

不知过了多久,周则兮才舍得放开她,他看着她的眼睛:"还满意吗,宸宸?"

林宸也看着他,镜片后,男人的眼神看似风轻云淡,却又在不经意间流露出丝丝的撩拨。

她深吸了几口气,看着男人说话的唇瓣,忍不住凑上去轻啄了一下:"周则兮,看不出来,你还挺会的嘛!"

周则夕被她逗笑了："你就这么点追求？"

林宸一愣，一双懵懂的大眼睛看着他。

周则夕抬手推了推镜片，凝视着面前的女孩子："'男朋友'的技能可多着呢！要试一下吗？"

林宸眼睛睁得更大，直勾勾地看着他："可……可以吗？"

那眼神，仿佛随时准备吃掉周则夕，并且计划已久。

周则夕微愣，这小流氓还真会顺杆往上爬啊！最近她这么累了，哪还经得起折腾？明天还上不上班了？

他把筷子重新塞回她手里："先吃饭。"

林宸皱眉，看着手里的筷子，不大满意。

周则夕揉了揉她的头发："乖，来日方长。"

他冲她微微一笑，所有温柔都集于一身，让人迷醉又沉沦。林宸看呆了，中邪似的，点了一下头，接着乖乖吃饭。

只是，周则夕的美色就这样一直萦绕在林宸的脑子里，挥之不去。

录节目的间隙，林宸皱着眉头，计划着一些不成熟的方案。

化妆师过来补妆，看她这副模样，笑着调侃道："小橙子，想你男朋友了？"

林宸一怔，被人说中，有点窘迫，只能尴尬地笑了笑。

化妆师"扑哧"笑了一声："虽然咱最近都没有休息日，但好歹你家那位每天接送啊，至于想成这样吗？"

她帮林宸补了点粉底,"我就更惨了,我男朋友最近也加班,我们都快一个星期没见了。唉!这样看来,男朋友没工作也挺好的。"

林宸:"哈?"

化妆师扑粉的手一顿,猛然意识到自己说漏嘴。

她忙赔笑,恨不得往自己嘴上扇一巴掌:"那个,小橙子啊,我不是那个意思啊,我是说,是说……"她一时也不知道该怎么解释。

林宸扶额:"我男朋友真不是你们想的那样,他其实是……"

话音未落,道具小哥冲进来:"小橙子,小橙子!"

他跑得很快,像是发现了什么了不得的秘密,一屋子的人齐齐看向他。

道具小哥喘匀了气,才道:"我刚去隔壁鉴宝节目组借道具,你们猜我看见谁了?"

众人一脸蒙。

道具小哥:"小橙子的男朋友!居然是鉴宝嘉宾,稳坐C位的那种收藏家大佬!"

什么?所有人都瞪大了双眼,目光纷纷转向林宸。

这惊天大反转!

所以,他是因为钱太多了,随便他闲着?

林宸扯着嘴角笑了笑,本来就是嘛,她那点工资哪够养周则今呢?

不过……等等!他怎么会在隔壁节目?之前好多节

目邀请他，他都没去。

林宸看向道具小哥："你没看错吧？"

"怎么会？"道具小哥挥挥手，"我都见过他好几次了。"

林宸点点头，确认之后她便跳下化妆凳，快步朝隔壁的录影棚走去。

没想到刚一出门，她就撞上迎面而来的周则兮。男人穿着一身板正的中山装，金丝眼镜架在鼻梁上，斯文又儒雅，像是来自民国时期的翩翩公子。

"真的是你啊！"林宸惊讶地看着周则兮，一时有点兴奋。

尤其他这身打扮，精准地戳在了她的审美点上，越发让她垂涎欲滴。

"你怎么跑去隔壁当嘉宾了？"林宸跑到他身边，挽着他的手臂，抬头看他，"也不告诉我！"

"没办法啊，"周则兮耸耸肩，把她揽在怀里，"你天天加班，我只好找个理由，过来陪着你咯！"

周则兮现在才终于明白，什么叫作"才下眉头，却上心头"。

他一直以为自己是个很坚强的人，所以他能在短时间内独自撑起家族的事业，能照顾好长期住院的哥哥，能解决很多研究上的突发状况。

可偏偏，关于林宸的事，他总是感性又慌乱。

比如上次他为了向她解释误会，去了一场自己已经拒绝的拍卖会；比如今天来录制综艺，仅仅是为了能多看她一眼。

周则兮觉得，这都太不像以前的自己了，可是他非常享受这种状态。

古词上说"两情若是久长时，又岂在朝朝暮暮"，但他想要两情久长，也想要朝朝暮暮，那是和她在一起的，那么珍贵的朝朝暮暮。

他看着林宸，一刻也不想挪开眼。

"周则兮，你怎么这么好啊！"她踮起脚，朝男人的嘴唇上轻啄了一下。

周则兮推了一下眼镜，笑了笑，双手把林宸抱得更紧。

"小周先生！"

"小橙子！"

不远处，两个声音同时响起，打断了二人短暂的缠绵。

周则兮和林宸还抱在一起，二人分别回头看去，是各自节目组的执行导演。

一时间，四个人都有点尴尬。

剧本推理游戏这边的执行导演和林宸比较熟，也见过周则兮，不至于像对面那么窘迫。

他先开了口："小橙子，那个，导演说一会儿投资人要过来探班，顺便谈一下第二季的事，你在会比较好。"

"好，那我马上过去。"

林宸转向周则兮，又亲了他一口，才依依不舍地离开。

周则兮目送林宸进了录影棚，才跟着鉴宝节目的执行导演回去。执行导演都看傻了，这还是节目上那个无比高冷、不苟言笑的小周先生吗？

鉴宝节目继续录制，周则夸依旧坐在C位，评论着当期的"宝物"们。

只是，小周先生的女朋友就在隔壁的八卦，早已在节目组内部悄悄传开。以至于到后来，两个节目组的工作人员时常一起八卦，越走越近。第二季的时候，剧本推理游戏这边还做了一期博物馆主题的本子，并邀请了周则夸作为科普嘉宾，实属梦幻联动了。

林莀这头，回到录影棚后，就与主创人员们一起，围在导演身边开了个小会。

"这次的投资人我也没见过，据说很年轻，不过很有能力，家族实力也非常雄厚。她是我们节目的忠实粉丝，大家一定要把握住这个机会，给投资人留下一个好印象。下一季能不能做实景，就看今天了！"

一时间，大家纷纷深呼吸，状态拉满以待投资人。

特别是林莀，对于第二季的本子，她已经攒下了好多构思。

没过多久，录影棚门外传来一阵脚步声，众人回头，只见门口走进来一个二十来岁的女孩子。她留着利落的短发，一身酷酷的暗黑系打扮，手握一杯冰美式，气场逼人。

只是，怎么看她都不像一个投资人，身后连一个秘书都没有！

她走向众人聚集处,笑着挥挥手,活泼又随和:"嗨,大家好呀!我是秦茹,来考察项目的。"

还真是投资人!众人满脸惊讶,眼珠子差点掉到地上。

只有林宸,打量了她好一阵,觉得分外眼熟,一时又想不起在哪里见过。

她摸了摸下巴,目光无意间扫过投资人手里的咖啡,脑中蓦地一个激灵,这才想起来,对方不是市立医院门口开咖啡店的老板吗?

传说中,她不是个勤工俭学的医学生吗?怎么摇身一变……成投资人了?

林宸愣愣地看着秦茹,她似乎也看到了林宸,确认了两秒,秦茹立马转身往外走:"我……我今天有事,改天再来啊!拜拜,拜拜!"

导演吓坏了,什么情况?第二季的实景可怎么办?

他也管不了那么多了,一个箭步上前拦在秦茹面前,笑道:"秦总,您看,我们全节目组的人都等着您呢!最多耽误您十分钟?"

他一面说着,一面背着手,朝其他人打手势。

众人会意,纷纷拥上来,在秦茹身边围了个圈。

秦茹一时语塞,扫视了一圈,刻意回避着林宸的目光。

她之前看节目的时候就觉得林宸眼熟,只是没太在意。没想到今天见了真人,她一下子想起,这不就是上回崔玥带来喝咖啡的女生吗?

自己这马甲掉得……毛都不剩！

看节目组这架势，她今天是走不掉了。

秦茹尴尬地笑了笑，只好跟着导演，听他介绍项目。

导演大致介绍了一下节目组的基本情况，又开始说第二季的构想："之前发给您的项目计划书里也说了，我们节目最注重的是内容，后期的招商什么的都不会有过硬的广告。您是我们节目的观众，相信您也很看重这一点。"

秦茹点点头。

多少节目第二季做毁了，就是因为不爱惜羽毛。

她要投资的项目，一定要是可以长期保持良好口碑的。赚快钱，伤筋骨的事，她才不稀得干呢！

导演继续说："我们第二季的编剧团队，依旧会和侦相合作。第五期那个很出圈的变格本，就是出自侦相的小橙子之手，第二季她也会继续参与。"

"小橙子！"导演喊了一声，把林莀推到秦茹面前，"这就是小橙子，相信您在看节目的时候也见过。她现在不仅是一名优秀的剧本推理游戏编剧，还是个网红NPC呢！"

林莀尴尬地笑了两声，和秦茹面面相觑。

秦茹也扯着嘴角笑了笑："那个，导演，我能单独跟小橙子聊聊吗？作为主力编剧，我也想听听她的想法。"

"当然，当然。"导演笑得很开心，她愿意继续聊，就说明投资的事有谱，他转向林莀，"那小橙子就和秦总聊聊，我先去录节目了。"

说完，导演便带着大家，继续投入到工作中。

另一边的林宸和秦茹两人大眼瞪小眼，过了好一阵，秦茹才先开口："那个……我不是故意骗你们的。"

林宸点点头，表示理解。

秦茹这种级别的富豪大小姐，不想让人知道自己的身份，也是人之常情。

"所以，那家咖啡店只是你的爱好？"林宸好奇。

她当时就觉得不对劲，咖啡店没什么生意还能坚持这么多年，必有蹊跷。

"也不全是。"秦茹有点不好意思，"实话跟你说了吧，但你不要告诉崔玥哦！她嘴上没把门的，我怕她转头就和崔医生说，那样就太尴尬了！"

林宸一愣，这里面还有崔医生的事呢？

她点头，屏住呼吸，竖起八卦的耳朵。

秦茹接着说："我其实……对崔医生，就……就有点一见钟情。"她咬咬唇，抿嘴笑起来，像个沉浸在爱情里的小女生，"那年他来我们医学院办讲座，专业又自信，人彬彬有礼的……嗯，总之我对他一见钟情了。当时我就想，这个人就是我未来老公了，所以后来我就在他工作的医院附近开了咖啡店，为的就是能经常看见他，偶尔还能给他送外卖咖啡。"

"你怎么不直接找他呢？"林宸不解。

这么多年了，崔医生只怕都不认识秦茹吧，这不是做无用功吗？

"说起这个我就烦！"秦茹叹了口气，"我们家的孩子，基本都是走商业联姻的路子，我可不想这样。不过，那时候我还靠着爹妈吃喝呢，经济基础决定上层建筑嘛，即使崔医生答应和我在一起，我也根本没资本和家里抗争啊。停卡的日子，我可受不了！"

"不过今年不同了！你们第二季这个项目我要是投成功了，以后就不需要家里的资金支持了，那我就有了话语权，就自由啦！到时候我就把咖啡店关了，直接包个直升机队，上市立医院找崔医生表白！"秦茹说着，眼睛里闪着希望的光。

林宸都听呆了，不愧是资本家，这女孩子心思又缜密又彪啊！

"所以，小橙子大大，"秦茹看向林宸，一脸凝重，"你一定要好好写剧本，第二季带我飞！我的幸福，可全靠你了！"

林宸眉心一跳，忽然觉得责任重大。

她一个小编剧居然拿捏着投资人的命脉，这个世界……有点玄幻。

林宸看着秦茹："我对我们的第二季还是很有信心的。或许，你可以提前准备着，比如，先让崔医生认识认识你。"

秦茹点头，觉得小橙子说得很有道理。

"过几天，我们侦相和春山博物馆一起打造的博物馆式剧本推理游戏就要揭幕了，和春山博物馆的特展一起举行，是崔玥策展的。到时候，崔医生也会来的，你要不要一起去？"

秦茹眼睛一亮："真的吗？那太棒了！"

林宸说："而且，不论是展览，还是新式的剧本推理游戏馆都是不错的项目。我想，你也可以顺便考察考察。"

秦茹看着林宸，眼睛微眯了眯，笑道："小橙子，没想到你还挺会做生意的嘛！你放心，你的项目，我一定去！"

林宸也冲她咧嘴一笑，毕竟，拉到投资可是有不少提成的。

自己也是个有理想的人啊！

第八章
最珍贵的藏品

时间过得很快，转眼就入了深秋。

侦相与春山博物馆合作的剧本推理游戏馆——博·探，终于迎来了揭幕的日子。

场馆修建在春山博物馆后院的一栋小洋楼里，旁边种着一株百年银杏树。此时，银杏树已经满树金黄，叶子密密麻麻，随风飘落，掩映着剧本推理游戏场馆，文艺又神秘，这是博物馆和剧本推理游戏都从未有过的新形式。

揭幕仪式来了很多人，有剧本推理游戏圈的，也有收藏圈的，狼人杀圈也来了不少人，每一个人都好奇又兴奋，对这种跨界联动充满了期待。

各大平台也派来了直播团队，由于之前侦相的综艺爆火，加上春山博物馆这个IP的加持，这场直播很快就冲上了热搜。

林宸刷着实时评论，眼花缭乱的。

她朝身边的周则兮举着手机，兴奋地笑道："你看，大家都在夸我们呢！我们真是太棒了！"

她今天特意打扮过，穿了条乳白色的钉珠小礼服裙，外面罩了一件毛茸茸的斗篷，保暖又可爱，像一只雪白的小兔子。

周则兮把她搂在怀里，凑头看过去。除了讨论剧本推理游戏馆和特展的，八卦周则兮和林宸的也不少。他指着屏幕，表情一本正经："我觉得，这个网友说得最好。"

林宸看过去，上面写着：小橙子和则兮馆主太般配了！小可爱VS斯文败类的反差萌呀！我先嗑为敬！

后面跟着一串评论：嗑起来！嗑起来！

林宸"扑哧"一笑，平时大大咧咧的她，今天反而有点不好意思了。她轻打了一下周则兮："你要不要脸啊？"

周则兮笑起来："我只要你。"

说完，男人俯下身，在林宸的唇上落下一个深情的吻。

远处的直播设备拍到这一幕，弹幕上的"啊啊啊啊"仿佛要穿过屏幕。

△则兮馆主太会了！

△小橙子快扑倒他！

周则兮的余光扫视着大屏上的弹幕，满意地笑了笑。

他以前觉得这类传播形式挺无聊的,对传统文化的传播也起不到什么本质上的推动作用,所以一直不愿意尝试。

但是今天他觉得……直播还挺好的!

周则兮决定,回头自己也去开个直播账号,日常撒狗粮,顺便普及一下文物小知识。

"小橙子!"秦茹站在不远处,等他们亲完,才笑眯眯地挥着手喊林宸。

林宸瞪了周则兮一眼,可心里却忍不住泛起丝丝甜蜜。

她闻声朝秦茹看去,朝周则兮道:"我的财神爷来了,一会儿再来找你。"

周则兮摸摸她的头:"去吧。"

秦茹的打扮依旧又酷又低调,她朝林宸眨了一下眼:"够甜的啊!"

林宸有点不好意思,吐了一下舌头:"崔医生早来了,在崔玥负责的特展那边,我带你去展厅找他?"

秦茹一时紧张起来,深吸一口气,才点了点头。

刚要走,崔璨和崔玥却迎面而来。

崔玥在展厅的接待似乎是忙完了,要过来准备接下来的发言。

二人朝林宸打招呼,崔玥一眼就认出了秦茹,一时有点惊喜:"你怎么也在这里?今天的咖啡不会是你店里供应的吧?"

秦茹表情一滞，尴尬地笑了笑："那个，我……我是小橙子的粉丝嘛！过来看看她。"

崔玥点点头，看秦茹的样子，的确是会喜欢玩剧本推理游戏的类型。

崔璨今天穿了一身纯黑的西服，比之平时的白大褂，更显得沉着优雅。他的目光也转向秦茹，笑了笑："没想到你也玩剧本推理游戏啊！我还以为你的爱好仅限于咖啡，之前医院的同事组队缺人，我都没敢叫你。"

秦茹愣住，一脸蒙，他是什么意思啊？难道他认识自己吗？

"抱歉啊，"崔璨看着她的反应，有点不好意思，解释道，"我之前去你们学校做过讲座，看你听得很认真呢。这几年我还经常叫你咖啡店的外卖，我以为……我们算是认识的。不过，看样子，你可能不记得我了。"

他抿了抿嘴唇，有点尴尬地笑了笑。

秦茹呆愣愣地看着他，一时不知道该怎么反应。

所以，她关注了这多年的人，其实也一直在关注着自己……秦茹深呼吸，抬眼看着眼前的崔璨，他人如其名，璨若朝阳。一种莫名其妙的感动直涌上她的心头。

她期待过无数次他们的相识，但从没想过是今天这样的出乎预料，却完美至极。

崔璨看她久不说话，伸出手，做握手状："那我们重新认识一下吧，我……"

"崔璨。"话音未落，秦茹抢答道，她握上他的手，

"我是秦茹。"

崔璨含笑:"我知道。"

林莀和崔玥在一旁看着,心下了然。

这不就是传说中的双向奔赴吗,居然能让她们现场吃到瓜!二人交换了一个眼神,手挽着手默默走开,拒绝继续当电灯泡。

不远处,顾琳和易舟也来了。

顾琳带了杂志社的采访任务来,林莀答应过她,要给她一篇独家专访。

而易舟,则跟在顾琳身后端茶递水,万分殷勤。

林莀看着众人:"真好啊,大家都成双成对的。"

崔玥也顺着她的目光看去,是啊,大家都成双成对,除了自己……崔玥垂下眸子,微不可察地叹了一口气。

如今,周则已还躺在市立医院的病床上,身上插满了管子,输着各种各样的营养液。她不知道他什么时候会醒,也许是下一秒,也许,永远不会……

揭幕仪式的直播信号已经接入周则已病房里的电视,他应该能听到吧。

博物馆的跨界、高水准的特展……这一切,都是他的理想,也是他们对彼此的承诺。

林莀察觉到了崔玥的不对劲,一时有些抱歉:"崔玥姐,我……有口无心的,对不起啊。"

"没什么对不起的!看到大家都好,则已也会很开心的。"崔玥笑了笑,周则已的性格底色是那么善良,那么包容,他一定会很开心的。她会守护好他的理想,等着他醒来的那一刻。

林莀点点头,挽着崔玥的手:"我们去前面吧,揭幕仪式就要开始了。"

"好。"崔玥道。

说完,她和林莀便朝前面走去。

剧本推理游戏场馆"博·探"的揭幕已经进入倒计时,四周围满了人。嘉宾、媒体、朋友……都举着镜头,准备见证这一刻。

周则兮穿着一身汉元素服饰,高挺的鼻梁上依旧架着金丝眼镜,斯文又内敛。

他走上台去,看着身后被幕布遮挡的小洋楼,不由得有些激动。

多少人熬了多少个日夜,才终于将它呈现在眼前。

周则兮手握话筒,看着台下的人群:"今天我很激动,历时近一年,'博·探'终于诞生。感谢侦相的小伙伴们,也感谢我们博物馆的工作人员们,是你们的努力,才让'博·探'从一个想法,变成了现实。

"但此刻,我最想要感谢的,是我的哥哥——周则已。"

听到周则已的名字,崔玥一时有点激动。

林莀握住崔玥的手,给了她一个鼓励的微笑。

台下的人都惊了一下,他们已经太久没有听到这个名字了,当年鼎鼎大名的大周先生忽然就销声匿迹了,大部分人根本不知道发生了什么。

周则兮继续说:"'博·探'的构想,最初是由我哥哥提出来的。那时候,所有人都觉得他很奇怪,他的想法太疯狂。当然,也包括我。我想不明白,我们的文物,我们的传统文化,为什么非要和一个八竿子打不着的新兴行业结合。

"当时我没有接手博物馆的事,一心只扑在自己的研究上,我哥也没有给我过多的解释。他只是告诉我,在我熟读万卷书的同时,也需要放下自己的傲慢,睁眼看一看当下的世界。

"那时的我,还不明白他是什么意思。可是现在,在我经历了一年和剧本推理游戏这个行业、和从业者们的接触之后,我发现,当初的我的确是狭隘极了。

"过去我总以为,剧本推理游戏是年轻人的游戏,除了讨好年轻人,它并不具备传播传统文化、科普文物知识的功效。可事实上不是这样的。剧本的内容,和创作者的用心程度会让我们的传统文化在这样的新兴事物中生根发芽。很幸运,我们遇到了这样的编剧和团队。"

林莀和侦相的同事们交换眼神,脸上都挂着骄傲的笑容。

周则兮也看向林莀,致以她最温柔的目光。

他推了推眼镜,接着道:"我深入了解剧本推理游戏,才发现,这不光是想象力丰富、天马行空的破案游戏,每一个剧本的主题、背景构建,都需要做非常细致的前期工作。它本身,就是一种文化。

"比如'博·探',以我们春山博物馆的藏品为主题。它所有的世界观、角色设定,都在潜移默化地传播着传统文化。尤其当你沉浸式地进入游戏之后,你会不知不觉地去探索,不知不觉地去学习,你会感动于文物们背后的爱恨情仇,也会去了解文物身上所烙印下的历史痕迹。我想,这比单纯的课本式输出,要深入人心得多。

"而我,也是在这个项目的一步步推进中,渐渐明白了我哥哥的良苦用心。他走的,不是一条标新立异的路,而是真正适合当下的文化传播之路。

"我的哥哥,周则已先生,他是真正的大家。我感恩他,更为他而骄傲。"

周则兮说完,"博·探"大楼的灯光瞬间被点亮,星星点点,虽然是白天,却也耀眼而灿烂。

众人齐齐鼓掌,仰头看着"博·探"大楼,无不动容。

林宸更是感动,她从没想过,周则兮对于剧本推理游戏的理解会这样深刻。那不仅是一种认可,更是世上最难得的,知己的感觉。

女孩子眼眶微红,深吸了一口气,她含笑望着台上的周则兮,心里滋生出甜甜的蜜糖。

忽然,崔玥扯了扯林宸的小斗篷,将手机屏幕递到她眼前。

信息来自崔璨:周则已情况有异,我先回医院。

一行人坐在去往市立医院的车上，每个人都万分紧张。

林宸紧握着周则兮的手，希望可以给他一些力量，只是男人的手实在有些凉，还不停地冒着冷汗。

崔玥更是焦虑，紧抿着唇，一言不发。

到医院的时候，崔璨早已经换上了白大褂，和当天的值班医生交流着周则已的病情。

病房里的仪器跳动、闪烁，映衬着四周的白墙，莫名地让人陷入不安。

崔玥也顾不得那么多，一把抓住弟弟的胳膊，指甲都快要嵌到他的肉里："他怎么样了？是什么情况，还有没有救？"她神情急切，就快要哭出来了。

林宸大气不敢喘，只能扶着她，生怕她撑不住晕了过去。

崔璨没有回答崔玥的话，只是拍了拍她的手，希望她可以放松些。

周则兮紧紧盯着病床上的哥哥，强忍着没有去问医生。这一年来，这种情况不在少数，他已经能压制自己的情绪，静静等待了。

病房的电视里还循环着"博•探"揭幕的直播回放。刚才，他们是多么希望周则已能醒来看到这一切。可是现在，他们只希望他平平安安，即使就这样毫无生气地躺在床上，也不要再有任何意外了。

崔璨回到病房时，所有人都直直地看着他，绷紧了心中的弦。

崔璨看了看大家，才开口："是这样，周则已的监护数据有些波动，我们现在不能确定这是好事还是坏事，所以只能继续观察。大家……少安毋躁。"

崔玥急了："你们不做急救吗？什么叫继续观察？那就是生生看着呗！万一出事可怎么办？"

一连串的问题，砸得崔璨心力交瘁："我也很担心他的情况，可是贸然采取措施，只会适得其反。现在我们能做的，就是陪着周则已，给他力量。姐，我是一名医生，你相信我，好不好？"

崔玥皱眉看着弟弟，一时不知道该说些什么。

她坐在床边，紧紧地握住周则已的手，让他感觉到自己的存在，请求他，不要这么轻易地离开自己。

天色渐渐暗下来，每个人都紧紧盯着周则已，生怕再出现一丁点的状况。

会诊的专家和护士们来来往往，不停查看着周则已的状态，分析他的生命体征数据。一堆听不懂的医学名词充斥着大家的耳朵，让人越发紧张。

专家们正讨论着，崔玥忽然惊呼："则已！"

她睁大眼睛看着周则已，差点从床边跳起来。

"怎么了？"周则兮看向她。

崔璨和专家们也赶快凑过来做检查。

崔玥看着大家，缓了缓呼吸："他刚才，好像动了。就是指尖……啊！又动了！你们看到了吗？"

崔玥兴奋得大叫，众人也将目光齐刷刷地落到周则已被崔玥紧握的手上。

"有！真的有！"林宸也看到了。

周则兮屏住呼吸，兴奋之情难以言表。

"快！"崔璨忙道，"跟他说话，叫他的名字！给他触感！"

周则兮和崔玥忙点头，二人一边握着他的一只手，嘴里喊着"哥哥"和"则已"。

也不知道过了多久，在周则兮和崔玥的嗓子都快哑了的时候，周则已的眼球终于微微动了动，他缓缓地睁开了眼睛。

月光洒进来，柔和地照在男人苍白的脸上。

他微眯了一下眼，好像还不太能适应这浅浅的光亮。

又过了好一阵，他才慢慢睁开。

那是林宸看过的最好看的眼睛，充满希望与对生命的炙热，像暗夜里的宝石，令人惊叹又感动。

周则已的眼神一一扫过众人："玥玥，则兮，崔璨……"

目光落向林宸的时候，他顿了顿，想了一会儿，微笑道："则兮的宸宸。"

男人的声音很微弱，是时断时续的气声，几乎不太容易听见。

可在这间病房里，这是大家最渴望的，听得最明晰，如惊雷一般的声音。

那一夜，周则已做了很多检查，在专家们的会诊下，终于确定，他是真的醒过来了！

第二天，周则兮给周则已做了按摩之后，他便开始进行走路的康复训练。

崔玥看到时有些担心，总是劝周则已多休息休息，康复的事慢慢来，不用着急。

"可是我不想再等了，我已经错过了太多。"周则已看着她，"尤其是你，玥玥，谢谢你能回来。"

崔玥笑了笑，上前扶着他："现在你不想着分手了？"

周则已垂眸一笑，摇摇头："一辈子都不分开。"

后来，周则兮问他，是什么样的力量让他苏醒了过来。

周则已那时沐浴在朝阳之下，看着病房外的鸟语花香，人群穿行，只道："最初的时候，我撞上高速公路的防护栏，的确是一心求死的。可是后来，我听到了你的声音。我能感觉到，这一年以来，你是怎样照顾我，怎样陪我说话，怎样希望我能醒来的。我也知道，你接手春山的不容易，更知道你付出了多少，才把我对'博·探'的构想一一实现，有了今天的'博·探'。"他回头看向弟弟，笑容温和，"尤其是在你发现了我的书签之后，那一瞬间，我觉得我不是一个人在生扛，有我的弟弟在为我分担。'help me'，你做到了。你都不知道，你的心理状态不好的时候，我有多想醒过来抱抱你。"

"哥……"周则兮看着他，微红的眼眶藏在镜片后，只有胸中泛着的酸楚提醒着他要坚强些。

周则已继续说:"后来,玥玥也回来了。我无法想象,她漂洋过海,只是为了守着我,一个伤害过她,可能没有任何希望的我。则兮,你知道吗,那时候我才发现,我对这个世界,还有太多的不舍,这个世界上还有太多让我爱的人和事。

"还有今天,'博·探'揭幕时,我是那么想加入你们。所以,我回来了,以后也不会再离开了。"

周则兮怔怔地看着哥哥,一种难以名状的激动在胸腔里膨胀。

周则已真的回来了,不论是从生理上,还是心理上。他那么坚强,治愈了自己,也治愈了他们。

窗外的朝阳越发温暖,光透过百叶窗照进来,带着秋日的成熟气息。

周则兮朝他走近几步,张开双臂:"哥,欢迎回家。"

美好的日子过得飞快,深秋一过便很快到了年下。各大商场、店铺都播放着《新年快乐歌》,街道两边的树枝上渐渐挂满了彩灯与大红灯笼,整个城市笼罩在一片喜庆的春节氛围中。

这些日子以来,"博·探"几乎天天爆满,连预订单子都排到了三个月以后。崔玥的特展也很成功,已经在筹备第二期了。

林莀这头因为拿到了秦茹的投资,又加上网友催得急,第二季的综艺已经排上日程。她的业余时间被严重挤压,连休假的时候,都忘不了码字。

周家老宅的书房里,每天都能传出"噼里啪啦"的键盘声。

周则兮抱臂站在门口看林莀,一时有些心疼:"今天是除夕,还这么拼?"

林莀闻声,写完了一个整段,才回头笑道:"所以不能拖到明天啊!不然别人会说,小橙子一个人物大纲写了一年!"

周则兮垂眸笑了笑,走到女孩子的身边,俯身道:"你看看院子里,大家可都在吃喝玩乐呢,你真码得下去?"

林莀码字的手一顿。

要说不想玩,那是假的,此刻她心里像被猫抓似的,恨不得快点写完,加入吃喝大军。

"哎呀!"她看了周则兮一眼,嗔怪道,"你就别勾我了!"

话音未落,崔玥忽然冲进来。

"你俩说啥悄悄话呢?"她一手拿着卤鸡腿,一手拿着冰可乐,"今天是春节,不是情人节!莀莀,快出来吧,你小舅舅做了好多好吃的,我肚皮都快撑破了!"

林莀看了看崔玥,又看了看满眼期待的周则兮,无奈地叹了口气:"好了好了,不写了!写一年就写一年吧,证明我小橙子不缺活儿!"

她扬眉一笑,挽着周则兮,蹦蹦跳跳地就出去了。

今年除夕,周家兄弟邀请了林莀和崔玥一家人一起过年。

不过,崔璨去了秦茹家拜访她的父母,崔玥还打趣,是时候让弟弟去豪门长长见识了!而林父林母则打算拍摄一个新的主题,叫作"久违的年味儿",这会儿他们正在街上取景,也不知道能不能赶回来吃年夜饭。

林葭今天穿了和周则兮一对的情侣白毛衣,又围上了情侣红围巾,看上去俏皮可爱。周则兮说,她像只软萌的小兔子。

餐桌上,她紧挨着周则兮坐,二人手拉着手,连吃饭都不愿意分开。

崔玥"啧啧"几声:"哟哟哟!现在越发不避人了!"

周则兮看一眼崔玥和周则已紧握的手:"你们不也一样?"

"我们家则已是病人,当然得更贴心些。"崔玥一脸理所当然,"况且,我们很快就是合法的了!"

林葭和周则兮都是一惊,连陈迦与也放下了筷子,看着对面的二人。

周则已笑了笑,看向崔玥的眼神无比温柔:"我们打算过完年就去领证。"

"哇!"林葭发出一阵惊呼,"你们速度也太快了吧!真的好棒呀!"

崔玥抿嘴笑:"我和则已年纪都不小了,之前耽误了太多年。况且,明年我们还想要一个宝宝呢!"

"那一定超级可爱!"林葭一脸期待,"到时候我一定把最好吃、最好玩的东西都给宝宝！"

一旁的陈迦与看看小外甥女，又看看崔玥这一对，皱了皱眉，你们在除夕夜，对现场唯一的单身狗实施如此暴击，真的好吗？

他还没缓过来，林宸又拍拍他的肩膀："小舅舅，你和则已哥同龄，也要抓紧了啊！"

陈迦与一时无话可说，这是来自小外甥女的第二次暴击！

吃完年夜饭后，大家就一起窝在沙发上看电视，一家人在一起的氛围，总是会让人倍感幸福。林父林母也回来了，和众人分享刚才出去拍的照片，街上玩耍的孩子、比人还高的糖葫芦、各种年画对联……

周则兮搂着林宸，心中充满了幸福感。

他忍不住看向窗外的天空笑了笑，心里默默地说："爸爸妈妈，你们看到了吗？我和哥哥都很幸福，并且，会一直幸福下去。"

眼看着时间不早，周则兮转头看向林宸，贴着她的耳畔，低声道："宸宸，跟我过来一下，有礼物送你。"

一听礼物，林宸眼睛一亮，把手中的瓜子一扔，就跟着周则兮出去了。

院子里假山环绕，流水潺潺，和林宸第一次过来的时候相比，没什么变化。只是冬天太冷太静，天色又暗，和屋子里的热闹比起来，到底冷清了些。

"什么礼物啊？"林宸搓着冻红的小手，满脸兴奋，说话时还呼着白气。

周则兮把带出来的外套给她披上，又把她的手握在掌心。

林宸抬头望着他，眨了眨眼。周则兮也凝视着她，女孩子的眼睛像黑夜里璀璨的星星，在他的生命中闪耀。

周则兮一直以为，自己的生命是一条波澜不惊的溪流，清清冷冷，静水流深。可是林宸出现了，她像一条不受束缚的鱼，打破他外表的平静，搅动他心底的惊涛骇浪。他那么迷醉，那么眷恋，也那么沉沦。而此刻，他只想用一生去守护这一切，让她永远徜徉在自己的生命里。

周则兮紧握林宸的手，单膝跪地，将一只锦盒呈到她面前。

锦盒缓缓打开，一枚宝石戒指泛着温润的光泽。宝石是唐朝的古董，而指环，是周则兮跟文保院的金工师傅学了，亲手制作。

"这枚宝石，是我人生中第一件藏品，对我而言，意义非凡。我还给它起了个名字，叫'与我'。"周则兮仰头看着林宸，眼中缀满了深情，"而你，是我这一生最珍惜的人。宸宸，你愿意戴上它，与我共度余生吗？"

林宸愣住了。

她呆呆地看着锦盒里的戒指，又看向满脸期待的周则兮。这是……求婚的意思吗？那一瞬间，惊喜和激动齐齐向林宸袭来，冲得她脑仁发昏，冲得她飘飘然。

她更不会知道，周则己、崔玥，还有她的小舅舅与父母，正躲在院子外的月洞门后，紧张地看着她，甚至在心里默念"答应他""答应他"!

　　林宸怔怔地看着周则兮。过了好一阵,她才稍稍平复下心情,可依然觉得有些不真实。

　　她深呼吸,道:"你不会后悔吗?我……工作很忙,还有点流氓,还总想非礼你,还……"

　　周则兮被她逗笑了,有点无奈。

　　这小姑娘,脑子里想的都是些什么啊?

　　他不能再等下去了。周则兮深吸一口气,一把将戒指套上她的无名指,起身将她搂在怀里,压下一个热烈又缠绵的吻。

　　一时间,天旋地转,万物温柔。

　　她仿佛嵌在他的怀里,一分一秒,一生一世。

　　许久,周则兮才放开林宸,额头相贴:"以后非礼我,就是合情合理的了。"

　　林宸看着周则兮,她毫无抵抗力地沦陷了,不再挣扎了,她下巴抬起,回之以热吻。

　　庭院清冷,却因你而炽热。

　　月洞门后的人发出"哇呜"的声音,C市的新年烟花也在这一刻冲上夜空,"噼啪噼啪",一朵接一朵地绽放,将天空染成斑斓璀璨的色彩。

　　"新年快乐!"他们相拥在一起。

　　林宸想,这大概就是最美好的日子。

　　有烟花,有灯火,有家人,有朝朝暮暮,卿卿我我的你……

/番外一
与你度过漫长岁月 /

C市的春雨下了一夜,直到天亮才停。雕花窗外的迎春花垂下来,点点嫩黄,沾着晶莹的雨水。

周家老宅古朴的茶几上放着一堆婚礼方案图册和售房宣传单,这都是周则兮准备的,显然,他对他和林宸的婚后生活充满了无限期待。

林宸收回目光,叹了口气,看着手机上的电子邮件,眉毛皱成小山川。

周则兮穿着家居服,正端着早餐从厨房出来。林宸最近减肥,他特意做了减脂的全麦鸡肉三明治:"宸宸,吃早餐了。"

林宸一个激灵,猛一回头,就看见周则兮的笑脸。

眼镜片之下,他的目光温柔又热忱,林葭想着邮件,握手机的手又紧了几分。

周则兮看她皱眉的模样,笑了笑,牵着她往餐桌去:"这么犹豫不决,挑花眼了?"他朝茶几上的资料抬了抬下巴,"房子倒是可以多买几套,不过婚礼方案,的确是要好好斟酌斟酌,吃完饭我们一起看好不好?"

林葭看向周则兮,机械地点了点头。

她坐下后,心不在焉地啃着三明治,脑子里却全是邮件的内容——巴黎戏剧学院的硕士研究生offer(录取通知,全称:offer letter)。

这是林葭在和周则兮确定关系之前投的,戏剧文学创作专业,一所古老学院里首屈一指的专业,对她的编剧水平的提升大有裨益。不过,林葭当时就是图个乐子,根本没想着能通过,投送之后连她自己都忘了。谁知道,学院却在这个节骨眼上给了她一个大大的"惊喜"。

她看着周则兮,抿了抿嘴唇,欲言又止。

周则兮早看出林葭不对劲,只是默默吃着早餐,看她能不能自己憋出来。

过了好久,林葭终于忍不住,试探着看向周则兮:"周则兮,如果,"她舔了舔发干的唇,"我是说如果,顾琳要去国外学习两年,异地而居,你觉得易舟会不会不开心啊?"

周则兮吃饭的手一顿,抬头看向林葭。他的眉头微蹙了一下,一闪而过,继续吃饭:"哪个学校呢?"

林宸："巴黎戏剧学院。"

周则兮："专业？"

林宸脱口而出："戏剧文学创作。"

话音刚落，林宸猛地闭嘴，表情里充满了被抓包的尴尬和撒谎的心虚。

周则兮的脸垮下来，林宸无奈，只好全盘托出。

说罢，她抬眼看着周则兮："所以，你觉得可以吗？你会不会不高兴？"

周则兮也看向林宸，女孩子的眼神怯生生的，似乎觉得在筹备婚礼期间提出这样的要求，是一件非常无理的事情。

良久，周则兮垂下眸子，推了推眼镜："无所谓高兴不高兴，你应该去的。"他起身收拾餐具，"婚礼推迟就好，别有心理负担。"说完，周则兮冲林宸笑了一下，揉揉她的头，转身去厨房洗碗。

厨房里传来"哗哗"的水流声，林宸回头看着他的背影，一时鼻尖有点发酸。他虽然嘴上说着支持她，但大概……还是挺失望的吧！

林宸捧着脸，垂下眼睛，心揪成一团。

入学的时间近在咫尺，接下来的日子，周则兮帮着林宸一起准备出国的事宜，小到她的机票，大到她在巴黎的公寓，都是周则兮订的。

饶是如此，林宸还是能感觉到周则兮心里的情绪。

他虽然帮林宸准备得很细致，可最近总是早出晚归，人也变得沉默了许多。林宸知道，他其实并不开心。

可这是一个无解的命题，林宸很烦躁，给顾琳打电话。

顾琳正和易舟在售楼部看房，一接起电话就问："是不是定了在哪儿买房？我们最近也在看，最好能做邻居呢！易舟看上一个一梯两户的大平层，我们买一层简直完美！"

林宸扶额，把最近的事情告诉了她。

"居然收到offer了！"顾琳瞬间惊喜，不过想到林宸现在的处境，她也有些无奈，"这也是没办法的事。你家小周先生也挺积极在帮你准备，应该也还好吧？"

"可是异地，啊不，异国两年，光想想都是一件非常消耗感情的事，我真的好纠结。"林宸道。

这个offer对于林宸来说的确重要又难得，但周则兮那么好，于她而言也很重要。从情感上来说，她真的舍不得，可理智又告诉她，她应该去。天平不断摇摆，晃得林宸头昏脑涨。

"的确很难。"顾琳道，当初她的第一段婚姻，不就是因为事业和生活无法平衡，才走向了终结吗？所幸，她遇到了易舟，那个无条件支持她，与她并肩同行的人。顾琳看向身边的易舟，他正在和楼盘销售交谈，很认真地表达他们对房子的要求，她的嘴角挂起一个幸福而满足的笑。

顾琳转向手机话筒："宸宸，这件事，只能你自己想清楚。不论你的决定是什么，一旦选择，坚持下去就好，给自己和他都多点信任。"

林莀叹了口气，只得点点头。

入学的日子越来越近，林莀每天都拽着机票纠结，可最终，她还是踏上了前往巴黎的飞机。

回想刚才与周则兮分别的场景，林莀还是不争气地哭了。机场人来人往，有久别重逢的亲人，有旅行归来的情侣，可她是在分别，她拽着他的手，与她的挚爱长时间的分别。虽然周则兮揉着她的脑袋，说他们很快会再见面，他也会经常来看她，可林莀还是觉得很难受，像心里堵着一块石头，提不起，也放不下。

林莀坐的是头等舱，人不多，大家都拉着帘子，谁也看不见谁。只有斜前方，透过缝隙，隐约看见是一对法国情侣，亲昵又登对。林莀鼻尖一酸，发脾气似的一把合上帘子，望着窗外的云层发呆。

这个时候，周则兮在做什么呢？是不是也望着她的飞机，黯然神伤呢？如果她现在还在周家老宅，应该正在品尝他新研究的菜式吧？然后打打闹闹，或者一起窝在沙发里看《甄嬛传》……

过往的场景一幕幕地钻进脑子，林莀终究忍不住，眼泪"啪嗒啪嗒"地掉。

大概是最近太过疲倦，心事又重，林莀哭着哭着就睡着了，再醒来时，窗外的风景已经是巴黎的清晨。

下飞机后,林宸很快就与周则兮安排来接她的人会合了。那是一位和善的法国阿姨,只是阿姨说,还要接其他人,要等等再一起走。

林宸点点头,拿出手机给周则兮报平安。信息还没发出去,就听阿姨用法语惊喜地指着林宸身后:"他到了。"

林宸闻声回头,只见周则兮正站在不远处。

他穿着一身宽松的白色针织衫,金丝眼镜架在高挺的鼻梁上,一只手搭着登机箱的拉杆,另一只手推了推眼镜,冲林宸温柔一笑。

背后是来来往往的人群,可他那么显眼,恍如初见时,那个不食人间烟火的神仙哥哥。

林宸呆住了,只愣愣望着周则兮,鼻尖的酸楚一瞬间直涌上眼眶,说不清是激动还是委屈。

周则兮走近,停在她面前,摸摸她的小脑袋。

林宸泪光闪闪,嘴唇微微发颤:"你怎么……"

周则兮含笑:"我说过,我们很快会见面。"

林宸这才惊觉,机舱的帘子后,原来有一个是他。

她凝视着周则兮,男人还如往日一样的温柔,像一股故乡的清风,暖暖的、软软的,直吹到她心里。

林宸上前,抱着周则兮的手,垂下眸子,小声道:"我还以为,你生气了呢!"

"的确生气了啊。"周则兮看着她,表情忽然严肃。

林宸蓦地紧张,咬着嘴唇,像只受惊的兔子。刚新婚就异地,他果然还是接受不了吧?一时间,林宸又有些失落。

"不过,不是气你出国读书,"周则兮道,眼神里闪过一丝落寞,"我是气你不信任我。你以为,我是那种为了一己私欲,阻止你发展的人?你不相信我可以无条件地支持你,也不相信我可以为你做任何事。"

林宸蓦地抬起头,怔怔地看着眼前的男人。他的目光那么坚定,那么炽热,他想与她走过千山万水,也想与她共度朝朝暮暮。

良久,林宸叹了口气:"对不起。"她戳着周则兮的手臂,"那你什么时候回去呢?"林宸记得,春山博物馆最近还有个特展要忙。

"嗯……"周则兮推了推眼镜,故作思考状,"两年后吧。我联系了卢浮宫艺术学院,去做两年的客座教授。不过具体时间还得看你什么时候毕业。至于国内的事务,我就先交给我哥和崔玥了。毕竟,我总得有一些行动,来赢得你的信任。"

林宸一瞬瞪大眼。

所以,他前段时间早出晚归,是在忙这件事啊!林宸的心一下子被击中,一腔感动涌上心头。她张开双臂,一下子撞进周则兮的怀里,给了他一个大大的熊抱。

抱歉,为她片刻的怀疑;抱歉,为她短暂的不信任。

他是最好的周则兮,全世界,对林宸最好的周则兮!

周则兮回她以拥抱,抬手拭去女孩子的眼泪,手牵着手步出机场。

天边的晨曦洒下暖黄的光,照着两个长长的人影,一步一步,肩并着肩,漫长岁月,永远相携而行。

/番外二
风知道你曾来过 /

　　林宸和周则兮到巴黎已经好几个月了,生活也渐渐步入正轨。二人开始享受这里的异域风情,空闲的时间总是一同去看看音乐剧,或者逛逛艺术展。

　　今天在他们的公寓附近,正好有一个个人画展,虽然不是知名的画家,可林宸和周则兮一路看下来,觉得画家的技法和构思都很新颖,个性十足,假以时日,能成名家也说不定。不论是对于热爱艺术,还是单纯投资的人来说,这些画都是不错的藏品。

　　周则兮牵着林宸的手,慢悠悠地逛:"有喜欢的吗?等回国之后,可以放在我们的新房里装饰。"

　　林宸看了一圈,在一幅油画前停下脚步。画中是一位绑着丸子头的中国少女，穿着简单的白T恤和牛仔裤，回眸望向远处的人群。

周则今看向林宸，笑道："倒是挺像你的。"

"是吗？"林宸笑着摸摸自己的脸，的确挺像的，不过，是像三年前的自己。

那时侦相刚搬到CBD，林宸大学毕业没多久，日常也是画中少女的打扮。

林宸记得，当时她还在写她的第一个剧本推理游戏，连给角色取名字都能烧光她的脑细胞。那是一个古风本，她写的第一个角色是一位超凡脱俗的白衣公子，可公子的名字想了快一周依然未果，不是太俗了，就是太晦涩。

某天，林宸正抓耳挠腮地想着，旺仔突然通知和合作方开会，来人正是周则已。那时林宸还不知道，他是自己未来伴侣的哥哥。

那天，是林宸第一次见周则已，他一身正装，温和又儒雅，惊为天人。林宸忽然觉得周则已有些像自己笔下的公子，可又总觉得缺了点什么，一时想不透。不过，周则已的颜值足以让林宸这种颜控挪不开眼。为了多看几眼美男子，散会后下班，她赶忙和周则已乘上同一趟电梯，偷偷欣赏美颜。

周则已早就察觉到她的目光，只觉得这个女孩子挺有趣。她看他的眼神完全不像是男女之间的感兴趣，她更像是在欣赏一件艺术品。

周则已笑道："林小姐，你看我很久了，是不是有什么话刚才在会上不好说?没关系的,请直说就好。"

"不是不是。"林莀像个被抓包的孩子,赶忙摆手,一脸抱歉,"就是周先生您太好看了,我觉得很符合我剧本里的一个人物。可是,你们又有些不一样,我只是在想角色的特质到底是什么,好取个合适的名字。"

周则已笑得温和,带着对小孩子的耐心:"是什么样的角色呢?方便和我说说吗?"

"当然!"林莀受宠若惊,公司合作的收藏家居然愿意听一个实习生的构思。她深吸一口气,认真道,"他的气质很洒脱,俊逸若仙,又带着几分对世俗的傲慢。他总是沉浸在自己的世界里,看上去淡漠又神秘。嗯……让人想要靠近,却又害怕靠近。"

话音刚落,周则已笑了起来。

林莀一脸莫名。这个人设很可笑吗?周先生不会是在嘲笑她吧?

周则已道:"倒让我想起一个人。"

林莀:"嗯?"

周则已含笑:"有机会介绍你们认识。"

说完,电梯门刚好打开,周则已颔首告辞。

林莀有点蒙,告别后就下意识地朝地铁站走。

周先生刚才是什么意思呢?他认识一个和她的人设很像的人吗?林莀一个激灵,猛地回头,想问一下那人的名字,也不知道能不能作为参考。可周则已的身影早就淹没在人群之中,再也找不见。

林宸失望地叹了口气。

忽然，远处一个白色的背影撞入她的眼帘。

那是一个穿白色休闲衬衣的男人，傍晚的风吹起他的衣角，夕阳余晖下，他俊逸出尘，仿佛随时要乘风而去。

一句诗忽然浮现在林宸的脑中：举觞白眼望青天，皎如玉树临风前。

林宸脱口而出："玉临风。"

那正是她笔下第一个角色的名字。

林宸端详着眼前的画作，把这个故事告诉了周则兮："说不定，她画的真的是我。你看，"林宸指向画作的角落，"人群里还真有个穿白衬衣的男人。"

不同的是，画作上的男人虽然被画得很小，可还是能清楚地看出来，他回头了，望着画中的少女。

而林宸当年看到的，只是一个背影。

不知何时，这幅画的作者来到他们身旁。画家是个很年轻的法国女孩，留着一头又黑又长的直发。

她看着他们，笑道："你们真有眼光。这是我这些年来画得最满意的一幅，三年前我在中国留学，这幅画还融入了水墨画的技法。不过更重要的是，我爱画里的故事。"

林宸和周则兮也看向她："愿闻其详。"

画家继续："这是我在中国 C 市的 CBD 看到的场景。这位美丽的少女回头看了一眼白衣男人，就急匆匆进了地铁站。这个时候,白衣男人也回头看了一眼,却也只看到少女奔跑的背影。我想,他们要是能同时回头该多好啊,于是就把这个想法画下来了。不过,这毕竟不是现实,所以,"她指向画作的角落,"我给这幅画取名叫'遗憾'。用你们中国的话来说,这是一个凄美的故事。"

周则兮凝视画作良久,看看林宸,又看看画家:"我想,这幅画应该有个新名字。"

林宸和画家都一脸不解地看向他。

周则兮推了推眼镜,牵起林宸的手,目光忽然变得动容又热切:"三年前,我在CBD等我哥开完会一起吃晚餐,我穿了一件白衬衣。我哥说,他见到了一个很有趣的女孩子。我顺着他指的方向回头一看,只看到一个小兔子般的背影,急匆匆地奔向地铁站。"

他靠近一步,深深凝视着林宸,目光温柔如水,似坠满了星辰:"那时候,我不知道她叫林宸,也不知道我会为她失魂落魄,更不知道我将与她共度一生一世。"

林宸抬眼望着他,眼中充满了惊讶,也充满了幸福。

原来,他们早就来过彼此的世界,在那个夕阳西下,车水马龙的傍晚。

"所以,"周则兮看向画作,"我希望,我们能一起收藏这幅《奇迹》。"

一幅画,两个人,一辈子。

林宸也望向画作。

时光仿佛回到了三年前,她能感受到那天夕阳的温暖，晚风的和畅。在那一天，他们成了彼此生命中的奇迹。

愿执子之手，予你时光万千。

- 完 -